我们生活的这个世界并不完美，

而这不完美恰恰是这个世界不可分割的一部分，

也是我们向善向美的动因。

小江以自己的写作向着完美眺望，

他让我们看到，这个并不完美的世界，

由于有了这些绝不放弃希望的人们，

还是非常可爱的。

学者 解玺璋

肩上江湖道义，笔下人情文章。

小江把写作放到了这些社会特殊弱势群体，
其文字不求观点独到、引人深思，
只愿充分给予这些群体更多人间的
温暖与人性的关怀。

作家 野夫

这是本洁净的书，

它有着高贵的故事内核，文风低调又悲悯，

作者小江寻找到了对这个世界讲故事的方式，

书里故事会讲到读者心里，

让读者觉得，活着并且喜欢这个世界，真好。

作家 韩浩月

这是一本很暖心的书，

讲述了很多需要关心与关爱的群体，

其中也有我所致力于的事业：关爱自闭症儿童。

很欣慰小江这样的年轻作者，

能将写作角度对准这些需要理解与包容的群体，

让我们都来喜欢这世界吧！

北京星星雨教育研究所负责人
孙忠凯

Let You Love The World
让你喜欢这世界

Let You Love The World

让你喜欢这世界

小江
作品

作家出版社

序：终有一个理想国度在不远处向你挥手

2013年8月，我的一篇短篇作品《掌心向外》发表于一个App，广受小伙伴们的欢迎。

在其后的几年里，包括《读者》《青年文摘》《意林》《美文》等国内一线文学刊物，以及数百家公众订阅号都相继转载过，有声版在喜马拉雅、荔枝FM等音频App上也拿到了很高的点击率。

因为这篇文章，我受到一家出版公司的青睐，在2015年夏初，我出版了人生第一本书，是一本短篇故事集，书名叫《我在流光里枕着你的声音》。

责编把《掌心向外》选进了书里，并作为书里的主打文章进行宣传。

之后又成功签约影视版权代理，目前影视改编正在和几家影视制作公司洽谈中，也许在未来会以影像的形态再与大家见面。

因为《掌心向外》，我拿到了很多令我开心的成绩。

这是篇讲述自闭症儿童的故事，也是我人生中第一篇写特殊群体的故事。

它是根据一家NGO团队的成员给我讲述的真实片段改编的。

在没发表这篇文章前，我其实是不太看好这种写特殊群体的文章的，我觉得现在这个浮躁社会，大家压力这么大，更多的人应该更爱读一些情爱或者轻松搞笑的故事，这种戳泪点的故事反而应该很不讨喜，而且特殊群体不好写，写不好会被骂，写好了会有营利之嫌。所以此类题材，无论图书或者电影，在国内都是很稀缺的。

近些年，我所知道并且觉得不错的，图书推荐邓飞著作《免费午餐：柔软改变中国》，电影推荐薛晓路执导的《海洋天堂》。

2014年冬天，和一个好友吃饭，他突然对我说，小江，我看了你写的《掌心向外》，好感人。你为什么不多写些特殊群体的故事，然后出版一本书？我记得我当时笑了笑回答，这种题材写多了就招人烦了。

同年末我回老家，母亲也在一本期刊上看到了这篇《掌心向外》，她也觉得我这篇作品有思想内涵，也有社会意义，对我说，以后少写些情啊爱啊，写点儿有意义的东西。

我顺藤摸瓜地问，我有朋友建议我写很多特殊群体，写一本书，您觉得如何？

我母亲拍了下桌子，这个建议好啊，老娘支持！我吓了一跳，胆战心惊地说，我还以为您要说，不写老娘弄死你呢。

我做了一个新书创作的策划案，定位还是一本短篇故事集，主要就写特殊、弱势、边缘群体，不仅写了人，也写了动物。这也是现在这本书最终书稿呈现的二十一个群体：留守儿童、乳腺癌女性、重症宠物、听障儿童、孤寡老人、瓷娃娃、流浪艺人、白化病患者、脑瘫患者、流浪宠物、盲人、骨癌患者、自闭症儿童、白血病患者、蓝嘴唇、被拐儿童、脑瘤患者、体残人员、侏儒群体、陪酒女……

于是说动就动，整个2014年冬天，除了上班处理本职工作的事儿以外，生活时间都在收集素材中度过的，或微信QQ，或视频电话，或见面约谈，和很多公益机构人士、故事原型人物进行了交流。

有些故事实在找不到人去问素材，就在视频网站上了找视频，一个冬天看了几百个视频。

2015年的第一天正式开始创作，历时九个月终于写完了，也就是小伙伴们现在拿在手里的这本《让你喜欢这世界》，书名来源于张悬《宝贝》一歌中的一句歌词。

《掌心向外》故事的最后也引用了这首歌曲，真的特别感谢这首歌，让我从一篇故事到一本书，历时三年的文学创作的道路，这真是一段奇妙的旅程。

还有，我想重点解释一件事儿，这不是一本纪实社科书，只是在很多素材中拿出一个或几个片段，改编成的短篇故事。

理论上，这还是一本虚构类的文学书，我不想写太纪实的作品，所以书中的二十一篇故事皆为感人至深、温情治愈的小故事，不求很鸡汤、很正能量，但只想让更多的人看到他们的乐观自信、微笑豁达。

这也是书名想要表达的意思，让你喜欢这世界，这里有梦也有爱。

愿你读完这本书后，当你觉得前路艰难时，你会知道有那么多人的不尽如人意，只是生命进程中很小的磕磕绊绊，而终有一个理想国在不远处对你挥手。

目 录

你 们 想 我 吗

1.

我在西安上大学的时候，认识一个长我几岁的朋友，他热衷于公益事业，有一个自己的NGO团队。虽然我到现在都不知道他的全名叫什么，但我确信他一定是个好人，而且是有大爱的人，至于为什么这么确定，理由是没有为什么，只能说是直觉！

他的团员都喜欢叫他"凯叔"，可能是因为他是典型的西北汉子，不但长得很成熟，说话办事更是很老成。

凯叔在西安一家有实力的国企上班，有一个稳定的工作，足可以衣食无忧的。但他天生就是个不安分的人，他更愿意把精力放在公益事业上，为此他的本职工作一再出问题，几度差点儿失业。

凯叔基本上把自己的周末都用在了公益活动上，他心地善良、礼佛诵经，他一直坚信帮助别人就是成全自己。我跟随他做过几次公益活动，被他的个人魅力所感染，他是我很敬佩的人。

后来我到北京工作之后，我们的联系就变得少了，只是偶尔会在QQ上问候几句。并不是彼此有意疏远关系，而是我相信真正精神上的朋友，反而没有那么多可聊的，心领神会是最妙不可言的交流。

前几日，他通过QQ加了我的微信，说这两年总会在网络、杂志上看到我写的文章，虽然当初为我退学的事儿心痛，但看我现在有稳定的工作和追逐的梦想，他表示特别欣慰。我当时听了这话特感动，有些哽咽得不知说什么才好。

之后凯叔问我，愿不愿意听他讲前阵子做的一个公益活动，并想借我之手写一篇文章。我当然欣然奉命，于是他开始一条一条语音，慢条斯理地讲了起来。

我边听着边拿笔做记录，便有了这篇文字。所以，与其说是我写的，不如说是他口述我整理更为合适。凯叔把每个细节都讲得细致入微，让我有一种身临其境的感觉，故事就像电影画面一般，一帧帧地在眼前浮现。

这是一个关于留守儿童的故事，却是一个很难用温情口吻讲完的故事。

2.

去年冬天的时候，凯叔的NGO团队团员向他推荐一个公益活动，主题是为安康市一个农村的十多个留守儿童找到其父母。然后由NGO团队出钱出车，让家长带着新衣服和礼物，回老家看望他们的孩子。

这些孩子基本都留给年事已高的爷爷奶奶，而他们的父母大多都在西安打工。虽然西安到安康的火车也就四五个小时，可有几个孩子的父母都已经两三年没回去了。其中一个叫二宝的孩子，与身体不好的爷爷奶奶一起生活，他是单亲家庭，只有母亲。他母亲外出打工的时候，他还是个不记事儿的三岁孩子，如今都已经七岁了，是个会自己烧火做饭的一年级小学生，非常懂事孝顺。

凯叔很重视这个公益活动，因为他就是一个农村孩子、一个留守儿童，他知道那种蹲在村头等尘土飞扬中的大巴车，却只看到别人家孩子牵着爸妈的手、抱着新衣服，自己只能无奈地吸吸快要流出的清鼻涕的滋味。所以凯叔特别想把这个公益活动做得圆满，尤其着重留意这个叫二宝的孩子。

团队用了一个多月的时间，才将这些孩子父母的思想工作做好，他们全部表示同意跟凯叔的团队回趟老家，带上新衣服、礼物看看各自的孩子。

这期间的工作难度特别大，凯叔和他的团员们只有一份当地村长给的这些家长的电话，仅打电话联系到人和取得他们的工作地址约面谈就花了大半个月的时间。

见面交流之后，发现难度就更大了，这些留守儿童的父母基本都是大城市底层的打工人员，文化程度相对偏低。有些家长，别说为其解释什么是NGO了，甚至连"公益组织"这四个字的字面意思都不懂。所以他们对凯叔这样做公益的人很是提防，即便磨破了嘴皮子说动了，好多人都表示担心会被老板炒鱿鱼，大多以万能句"孩子在农村有他爷爷奶奶照顾，好得很"给拒绝了。所以只能慢慢做思想工作，不过除了二宝母亲没找到以外，其余的家长都找到了并且愿意配合凯叔的工作。

所以做公益不是心血来潮，而是咬牙挺住。

3.

团队的成员已经买好了家长的火车票以及安康火车站到他们所在农村的大巴车票，计划在次月月初出发。

可是那个叫二宝的孩子的母亲依旧没找到，村长千叮咛万嘱咐，求凯叔一定要找到。根据村长的表述，二宝爷爷可能很难能活过这个春节，而他奶奶身体又非常差，瘫痪有两年多了。村长怕二老出点儿什么事儿，二宝没人抚养，所以很着急找到他的母亲。不过二宝母亲与其说出去打工了四年未回，不如说失踪了四年。除了每个季度通过邮局汇款单打款过来，跟家里没有任何的书信、电话往来。

所以凯叔在了解情况之后，很是着急，把这件事当成头等大事来解决。在这些留守儿童的家长中四下询问，有人称她在西安的一个洗浴中心工作。凯叔就带着试试看的心态去了这家洗浴中心，当把二宝母亲名字报给洗浴中心的前台，确认了是有这么个人后，洗浴中心的前台就把二宝母亲叫了出来。不过二宝母亲听说是村长派遣来的，撒腿就跑了。

不过凯叔记住了这个女人胸前的工牌号，于是只好第二天再来。这次凯叔直接进了洗浴中心大厅，报了牌号，要求二宝母亲来做服务。于是二宝母亲这次无法跑了，只好面对，两人在房间里聊了起来。

二宝母亲之所以跑，是因为她在同乡的口中，知道凯叔要做的这个事儿。二宝母亲无奈地对凯叔表示，自己这种工作到底是干什么的，他应该很清楚。她那儿的农村比较老思想，这事儿传到村里名声不好，她的父母、孩子也抬不起头来。

凯叔都理解这些事，凯叔答应不会让孩子及任何人知道她的工作，不过凯叔答应这会儿，二宝母亲的事儿在村里早传开了。

　　凯叔用了一个多小时的时间，磨破了嘴皮子才说服二宝母亲回去，二宝母亲迫于无奈只能同意。一切说好，凯叔准备要走，二宝母亲说你单子都签了，还是把服务做了吧，要不你不冤大头了吗？

　　可凯叔却严肃道，有一天等孩子懂事了，知道你做这种工作，觉得在同学面前抬不起头，他才是冤大头，你明白吗？

　　4.

　　次月月初，这些孩子的父母都准时过来上车了，但凯叔发现准备新衣服、礼物的几乎没有。想来只有两个原因，要么舍不得花钱，要么农村确实没这习惯。不过凯叔有提前准备，这就是我认识的他，事必躬亲、一丝不苟。

　　从安康回村里的大巴车，一直在循环放着《想爸妈》这首歌曲，是一首以留守儿童为主题的歌曲，作词人是社科院专家于建嵘老师。

　　循环放这首歌是凯叔的意思，这首歌曲是根据留守儿童的心境写的，凯叔就想让这些家长在车里安静地听歌、安静地思考，让他们明白一个道理：对一个孩子而言，父母最大的爱是陪伴。

　　当歌曲循环四五遍以后，凯叔坐在大巴车最前面，回头望着身后，好多家长已经开始抽泣了起来。凯叔很高兴，他希望看到家长这么真实的状态，爱与表达才是我们幸福的源泉。

　　大巴车在没有柏油路，只有黄土泥洼的山路上，一颠一簸地行驶着。车快驶入村口时，凯叔看到村长带着一群孩子，欢天喜地在村口接车。好几个家长站起来探头，透过窗户找自己的孩子，有几位母亲忍不住已经开始号啕大哭了。

　　在大巴车停下开门那一刹那，连司机都有些错愕，没等家长下车，孩子们疯抢着往车里进，并且喊着"爸、妈"，不绝于耳。凯叔也被感染了，他也鼻子酸酸地跟着哭。对有完整幸福家庭的孩子而言，如果没身临其境，你永远无法体会能喊"爸、妈"是件多么幸福的事儿！你永远也想不到，能有一次喊"爸、妈"的机会是多么来之不易。

　　5.
　　孩子们顺利找到自己的父母，相拥而泣后，都抱着新衣服、礼物，跟随自己的父母回家吃团圆饭了。就在这时，凯叔透过车窗看到，一个女人要抱一个孩子，那个孩子却极力在挣扎逃脱。旁边是村长，好像在给孩子讲道理，可是孩子分明斜着身子，听不进去话的状态。

　　孩子是二宝，女人是二宝母亲。凯叔连忙下车，走到他们身边，先向村长握手、自我介绍。村长得知面前就是与他通电话，把这件事促成的凯叔，当即给凯叔鞠了一躬。村长已经五十多岁了，凯叔很惭愧，自己做得还不算好，何德何能接受这一躬。

继而凯叔询问母子俩的情况，村长解释道，二宝不认他妈妈。

二宝母亲在一旁站着抹泪，凯叔蹲下抱着二宝说，听出我声音了吗？我是和你通过电话的凯叔叔。

二宝点了点头，表现的态度是能接受凯叔。

你为什么不认妈妈？

她不是我妈妈！

她为什么不是呢？

我爷爷说，我妈妈死了，现在这个不要脸的不是我妈妈！

不可以这么和自己妈妈说话！

凯叔突然被孩子"不要脸"这三个字激怒了，他无法想象是怎样的生活和感情缺失，让他居然能磨牙霍霍地对自己生母说"不要脸"这三个字。而二宝母亲只是一味地哭，这让凯叔更是火大。

于是凯叔和村长带着母子俩，先回到二宝爷爷奶奶家中。二老看到自己的儿媳妇回来，二宝爷爷撑着病重的身体，想下炕拿拐棍打他儿媳妇。实在是没体力折腾不动，就把一个罐头瓶子狠狠地砸在地上。他边不断地咳嗽，边骂道：你滚，你个不要脸的！你滚，我的脸都让你丢尽了！

凯叔带着疑惑的眼神看着村长，村长解释道，是早有人传些风言风语，说二宝娘在外边干不正经的工作。为这事儿，二宝还被同学嘲笑，打了一架！

此刻一直沉默的二宝母亲，突然像点燃的爆竹，开腔了：二宝爸打架把人伤了，进监狱得早。我一个女人，我不出去想办法挣钱，孩子的学费、你们二老的医药费，我去哪儿弄？我也是没办法呀！说罢大哭了起来，然后把二宝紧紧搂在怀里。

二宝狠狠咬了他母亲胳膊一下，肉都渗出血来，然后眼睛通红，学他爷爷对他母亲吼道：滚，你个不要脸的！

每个字都咬牙切齿，像是前世有人命之仇一般。二宝母亲情绪有些失控，要往墙壁上撞脑袋，被村长一把抱住，哄了好一阵子才肯作罢。可是二宝的谩骂却从未停止，凯叔忍不过去了，上前狠狠给了二宝一巴掌。

凯叔严厉地对二宝说：你再骂你妈妈，我他妈的就把你的嘴给撕烂了！记住，世界上谁都可以不尊重你母亲，只有你不行。你要做的是保护她，她是个可怜的女人，懂吗？

6.

这次公益活动做得并不圆满，回到西安后，凯叔就上火并且生了一场大病。他回来之后一直在想一个问题，公益组织是干吗的？很简单，当然是帮助社会弱势群体的。那如果这个弱势群体，不接受也不传递爱，甚至不需要爱，满满的全是负能量的话，这个公益组织还有必要继续吗？或者这个上升到社会层面，是单纯的公益组织能解决得了的吗？

而凯叔也第一次开始遭到团员们的抵制，好多人决定退出他的NGO组织，其原因是他打了二宝一巴掌，公益机构的爱心人士打了帮扶的弱势群体，这是多么坏的影响啊！很多人对凯叔激进的行为表示不理解，这让号召力很大的凯叔，感到人生从未有过的挫败。

他的团员有的甚至公开批评他：做好事要是用暴力去解决问题，那就不是好事了。

可凯叔却强调，连母亲都不尊重的人，不是弱势群体，也不值得得到爱，即便是个七岁的孩子。

于是凯叔被孤立了，在很长一段时间都没有继续做公益活动。

这个事件让凯叔想到了自己，其实他自己就是个留守儿童。在凯叔小的时候，他就没了父亲，是死了还是离家出走了，他一点儿也不知道。母亲后来去外地打工，改嫁给同厂的一个男人。他也是和爷爷奶奶一起生活，他也是母亲只寄钱却很少回来看他，他也是很憎恨自己的母亲。

直到凯叔上高一的时候，他妈妈的工厂失火了，妈妈很不幸地辞世了。当他到厂子的时候，发现连母亲的骨灰都没留下。当时他妈妈的男人在场，凯叔不分三七二十一就把人家打了，以至于后事人家一分钱都没掏。

再后来凯叔钱包里就多了他和他母亲唯一的一张合影，那张照片是凯叔中考后，被他母亲生拉硬扯到照相馆照的。凯叔至此觉得自己不是留守儿童了，他每每拿着照片，就能真正理解和感觉到他母亲给予的爱，他觉得他母亲一直都陪着他，从未离开。

7.

凯叔后来找到了二宝母亲，在多次做工作，以及自己掏一些生活费给他们母子俩后，二宝母亲同意回当地县城谋个工作，把二宝带在身边，而二宝也慢慢开始接受这个陌生的亲妈。

而二宝爷爷在村长的批评教育下，与二宝母亲的关系也有所缓和，大家其乐融融地在一起。虽然日子贫苦些，但有人气在，就早晚有财气来。这是二宝爷爷这辈子坚信的座右铭。

由于凯叔把这个事尽职尽责做到最后，他又赢得了团员们的信任与尊重。在一次团员聚会上，有人问怎么看待留守儿童这个社会问题。

凯叔略微思考后回答，古有"父母在，不远游"。我觉得当今是否该说"有子在，不远游"呢？

8.
于建嵘作词歌曲《想爸妈》：

> 院里的桃树开了花
> 小狗也长大了
> 爷爷的牙齿掉光了
> 我的裤子又短了
>
> 爸爸呀妈妈
> 我想你们啦
> 离开村子这么久
> 你们想家吗
>
> 那里的天空蓝不蓝
> 房子大不大

老板对你们好不好
病了怕不怕

爸爸呀妈妈
你们还好吗
好久都没打电话
你们想我吗

最 长 久 的 琥 珀

1.

我有个关系很好的女性朋友，她同我一样都很喜欢歌手姚贝娜，不过相比来说，她应该是个专业粉，巧的是她名字最后一个字也是"娜"，所以身边认识她的朋友都喜欢称她"娜娜"。

2015年1月16日，这天是周五。临下班的时候，我和娜娜正聊着QQ，盘算着忙了一周，约哪家餐馆一起聚餐呢。

可她突然对我表示，饭不吃了，她现在的心情极度差。我询问怎么了，她训斥我，没有认真看新闻吗？

这时我才发现手机和QQ同时发出弹新闻的声音，一看屏幕，我一下子也蒙了。怎么可能呢？前一日新闻不还报姚贝娜的病情得到控制了吗？怎么突然就走了呢？我不相信，于是刷朋友圈，全部都在分享各个新闻App对这件事儿的报道，有的附着追思怀念的文字，但更多的是蜡烛。

那一刻呆若木鸡，脑海中一片空白，同事们有的也看到了新闻，纷纷议论起来，不过我还是不愿意去相信。直到我看到离我不远的同事打开百度搜索姚贝娜，而其百度百科竟然是黑白色，那一刻我难受得想嘶吼却发不出声音。

2.

在下班回家的路上，我夹在地铁拥挤的人群中，戴着耳机开始听姚贝娜的歌曲。从《生命的河》到《心火》，从《画情》到《红颜劫》，从《随他吧》到《鱼》，泪水不争气地夺眶而出，我目所能及的几个人都对我投来好奇的眼光，可我并不在乎别人怎么看我。倒是我旁边一个女孩子，看我的手机屏幕上，音乐器背景图是姚贝娜，或许猜到了，她的眼睛也瞬间红红的，差点儿哭了起来，这让我难受得更想稀里哗啦地哭了。

到家之后，浑身无力，连衣服都没脱，就这样静静地倚在床头。强迫症一般继续刷着微信、微博、新闻客户端，多么希望姚贝娜因病逝世是误报，或许有奇迹发生，或许希望有官方辟谣这是条假新闻，结果等到了其经纪公司官微的确认报道，紧接着第二天就发了讣告，然后又发生了一些某媒体令大众心痛的事情，想必那几天关注微博的都知道，就不详述了，因为这不是我想讲的这个故事的重点。

那天晚上我给娜娜打电话，电话关机，于是我就用手机循环放着《心火》，我特别喜欢这首歌曲。此曲的作词人文雅非常有才华，曾经轰动国内乃至亚洲的选秀节目《超级女声》的主题曲《想唱就唱》便是她写的歌词。而《心火》的歌词，是文雅与姚贝娜相识相交两年，用真实的感受与了解写出的好词。

我特别喜欢"我是短暂的花朵，也是最长久的琥珀，总有美好要借我寄托，深爱的都难以割舍"这句歌词，没想到姚贝娜的人生真如歌词一般。但我认为她不是短暂的花朵，花朵的美在于让欣赏它的人在那一刹那记住它的美，而这种美是永恒不变的，我相信姚贝娜做到了让欣赏她的人记住她的美。我更愿认为她是长久的琥珀，于数万年光阴荏苒中，依旧不改其珀光与良质。

3.

再见娜娜是次周的周末，这一周我给娜娜打了好几个电话，都一直处于关机状态。

一见面我就关心地问她这一周怎么一直都关机，该不会没去上班吧，得到的回复是确定以及肯定的。不过更令我没想到的是，并不只是一周没上班这么简单，是工作丢了。

娜娜告诉我，那天看到新闻之后，她就订了半夜飞深圳的飞机，到深圳都已经后半夜了。娜娜订了家酒店，本想睡一觉到早晨，然后第一时间赶到医院去。可她睡醒了已经是下午了，等赶到姚贝娜所在医院的时候，早已人去楼空。她是当天下午刷微博，就是她刚刚睡觉的上午，微博出现一个极其惹众怒的事件，搞得网友们情绪膨胀、义愤填膺。

娜娜在医院门口站了好一会儿，只能回到酒店坐着发呆。而后如我前一天晚上一样，不停地刷着微博和新闻客户端，直到当天下午3点多，才在姚贝娜经纪公司的官方微博上看到讣告：20日开追悼会。

于是在酒店焦急等待的这几天，娜娜就反复听着姚贝娜的歌，她喜欢《鱼》这首歌，她多么希望自己是一条鱼，只有七秒的记忆，她愿意用这七秒记住她喜欢的歌手姚贝娜最璀璨的那一瞬间，然后忘记所有此刻的痛苦。

20日的追悼会，个子瘦小的娜娜抱着一束花，被挤到人群的后面。她踮着脚往前看，拼命地往前面能挪一点儿是一点儿，因为这是除姚贝娜现场演唱会以外，离她最近的一次。于姚贝娜而言，娜娜只是喜欢她的万千粉丝之一，只是个再普通不过所谓追星的脑残粉，可是只有我了解她内心里的爱与痛是多么巨大，一旦爆发一定会如同核爆炸一般。

在姚贝娜爸爸致追悼词的时候，她哭得歇斯底里，眼睛都如鱼眼泡一般。所以在回北京的高铁上，她望着窗外的冬日的萧条景色，感觉自己的眼中都灰暗朦胧。

与娜娜吃了一顿饭，听她讲述完了这些，我真的非常心疼她，也特别担心。不过她却宽慰我，她早就走出来了。

她说，怀念一个人是用心的，而不是眼泪。记住一个人是靠做的，而不是靠说的。

4.
于是娜娜怎么说的就是怎么做的，我特别敬重她这种做事的态度。

又过了一周的周末，娜娜约我在北京肿瘤医院的门口见，我惊愕无比。

到医院门口的时候，我上前就先磕磕巴巴地问她，你怎么了？你可别吓我！娜娜扑哧一笑说，你想哪儿去了，我身体可好着呢，不许乌鸦嘴啊。

我紧跟着问，那你不抓紧在家好好写简历、找工作，来这儿作甚？娜娜只是呵呵笑着看我，用眼神示意我跟她走便是了。

她带我去了医院的住院部，推开病房门口，看到了两个姑娘，长得很像，应该是姐妹。一个正在给另一个喂药，她们看到我，都友好地冲我们笑着。

娜娜向我解释，她们是"95后"的两姐妹，得病吃药的是妹妹，还在上高中。而为妹妹喂药的自然是姐姐了，在北京美院读书，平常喜欢画漫画。

我向两姐妹微笑着打招呼，妹妹性格比较内向，并没有什么表情上的回复。姐姐礼貌很得体，让我们随便坐，并拿出个日记递给我看。

我在犹豫要不要翻开看，娜娜在旁边怂恿，看吧、看吧。

我翻开笔记开始看起，笔记本记录她陪妹妹看病的这一路的点滴故事。当看到最后几页的时候，我被一幅画面震惊了，画面上妹妹上身全裸，环抱着自己的胸部，鲜血在一滴滴地往下流。姐姐则也上身全裸，要拿小刀割自己的前胸。

虽然是素描画，没有色彩，但还是震撼到了我。

这幅画配的文字是：不要悲伤，哭出来，姐姐陪你。

后来姐姐跟我详细叙述我才明白，妹妹得的也是乳腺癌，而且比较严重，只有做全乳切除方能保住生命，在姐姐的多次沟通下，妹妹才同意做了。可是妹妹明显是接受不了这么沉重的打击，但能看出面无表情的妹妹，肯定是在咬着牙努力，证明自己是个健康人。而画面里姐姐之所以要做自残的事儿，就是妹妹接受不了现实，又哭又闹的，姐姐迫不得已才想出了这个对策。

姐姐只是想告诉妹妹，不管处境如何，她都会一如既往地陪在妹妹身边。这让我为之动容，这便是生命和亲情的庄严吧。虽然很沉重，却更有力地抚慰我们这些健康人的心灵。

离开医院之后，我问娜娜，你最近什么打算？

她说，照顾两姐妹两个月，待妹妹手术之后开始康复，再开始找新的工作。然后略微沉吟了下，补充道，就当是为姚贝娜吧。

我觉得一个真正的粉丝，不是在那个明星最辉煌的时候在台下为他呐喊，而是在他低迷或者陨落的时候，你可以笑着替他继续传递给别人阳光。

我笑了笑，这么想是对的，我会全力以赴支持你的。

5.

两个月以后，妹妹顺利地从手术室走了出来。在病房，我和娜娜、姐姐像是迎接新的生命一般爽朗地大笑，这是向病魔宣战的胜利者之笑。

妹妹才做完手术，身体很虚弱，但是从她的眼神中能看到对生的坚定，她鼓起酒窝、龇着小虎牙陪我们一起笑。

娜娜问妹妹，迎接新生命的第一个愿望是什么？

妹妹毫不犹豫地说，用手机放我们都喜欢的那首歌《心火》吧。

于是我们跟随着音乐一起唱了起来。当唱到"最长久的琥珀"的时候，我们格外大声，对，我们就做最长久的琥珀，我们一定能做到。

姚贝娜，你已经做到了，所以你会在天堂保佑我们，对吗？

6.

愿世间每个女子都能有健康及爱相陪相伴，愿世间每个如姚贝娜一般因病辞世的女性都能美丽如初地活在爱她的人心中。

最后以已经辞世的"粉红丝带"发起人、雅诗兰黛集团高级副总裁伊芙琳·H. 兰黛送给全天下女人的一段话作为本篇故事的结尾：
不要畏惧乳腺癌，不要害怕做乳房自检，不要逃避拍乳房X片。

当发现乳房有块状物或有任何可疑，不要害怕、犹豫，去咨询医生，并请不断地去告知更多的人：及早防治能挽救生命。

圣 诞 金 毛

饭桌上，老王瞪大眼珠子望着我，然后举起一杯白酒就一饮而尽。他还是没忍住，哭得一塌糊涂。我该怎么安慰他呢？我不知道，索性极少喝酒的我，也给自己斟满一杯白酒，本想一口喝完陪他一块儿哭，不料却醉得不省人事了。

醒来的时候已经是第二天了，刚一睁开眼，就听到隔壁屋子传来哭泣声，我才意识到我竟然在家中，想来应该是老王把我弄回来的。老王与我是合租室友，住我隔壁屋子，他是一个性格内向却极富爱心的人。

我觉得我应该起床好好安慰一下老王，走到老王屋子门口，发现门没有全关，半掩着，我看到老王媳妇抱着照片滴眼泪，老王则搂着他媳妇在号啕大哭。而照片是老王夫妻俩和他们的爱犬金毛哈莉一起戴红色圣诞帽，在万达广场一棵圣诞树前的合影，这张合影是他们一家三口唯一的纪念照。

这张合影对我意义很重大，因为我不仅是这张合影的拍摄者，更是这段人与狗之间感情故事的见证人。哈莉今年三岁了，是个女孩子，本来应该在它的老王爸妈的精心呵护下茁壮成长，然而却在宠物医院检查出患上了狗癌，他们一家三口不得不与病魔做斗争，与时间争夺在一起的每一次感动。

可是人终究是斗不过天命啊，何况是狗呢？哈莉还是在圣诞节后的第三天，忍受不住病痛去了天国。老王夫妻俩是三年前结婚时开始养育幼崽的，为了能专心养狗狗，夫妻俩都推迟了要孩子。对老王夫妻俩而言，哈莉就是他们的亲闺女。所以内向的老王找我吃饭时，心里那么多苦却一句也说不出来，只能一口一口喝着白酒。我亦不知道如何去安慰他，因为我清楚，情感的伤痛，只能交给时间去抚慰。

我没有敲门，而是回到了自己的屋子反锁上门。我捂着嘴也哭了起来，虽然这个我曾经认为是"不速之客"的小生命，没事就来我卧室留点尿液或者臭臭，然后趾高气扬地离去，让我很是气愤。

不过我现在却总是念着它的好，因为在这半年里，很多次当我因工作的事儿焦头烂额回到家时，它总是对我吐着舌头卖萌，不停地舔我的手，多少让我的心情变好一些。

念及此，我连脸都顾不得洗，坐在椅子上打开电脑，点燃一支烟，边缓缓地吸着烟边开始敲字。作为一个只会码字的文艺青年，我只能用不太文艺却真挚的文字，讲讲老王夫妻俩和患有癌症离世的金毛哈莉的故事。

我和老王是半年前的春天成了合租室友的。我是后搬来的，那会儿他和他媳妇已经在这儿住了很长时间了。所以对哈莉来说，这是它的地盘，它才是真正的地主东家。我还记得第一天当我拎着大包小包打开房屋的外门时，哈莉从老王的卧室一溜小跑到我面前，不同于一般金毛的温驯，哈莉与我对视着，并保持着高度的警觉。

我冲着它眉来眼去般笑着，本想拉近和它的关系。没想到它后狗腿一抬，留了点儿尿液在我面前，老王叫了声"哈莉"，它立马像被皇上翻牌子的妃子，屁颠屁颠就过去了。临走还不忘挺胸昂头，很性感地瞟我一眼。

之后我与老王开始慢慢熟识，老王是一个IT男，性格有些内向、不擅言谈，更具体说是不愿意与人说话。

不过修电脑的技术却是一流的，作为单身汉的我没事喜欢看看日本大片，然后总会搞得电脑死机。我就会叫老王过来帮我修，他很乐意帮助别人，对他来说修电脑就是分分钟的事儿。

在老王修电脑的时候，哈莉看到我有些怕被笑话的窘迫，就使劲对我转动它的大眼睛，身体左右扭动，尾巴玩命地用力摇晃着，生怕我不知道它在嘲笑我似的。待老王修好电脑，我客气地对老王感激不尽时，哈莉就钻到老王的两腿之间，不断用脑袋顶着老王的大腿，用鼻音发出"哼、哼"的声音，我问老王："哈莉这么做是什么意思？"老王说："哈莉公主在对我撒娇，让我表扬表扬你呢。"说完，一向严肃的老王也娇羞地捂嘴一笑。

无语的我刚要用手摸摸哈莉的头，哈莉见老王回他的屋子去，急忙摇着尾巴颠屁颠地跟上，仰着头对老王吐舌头，以显示它对主人的忠诚。我暗自感叹：丫真是一条"心机狗"啊！

哈莉确诊患了癌症是今年夏末，我至今清楚地记得那天每一分、每一秒所发生的事情。那天是周六，由于前一天晚上和友人们唱K到半夜才回家，所以睡得特别死。我还记得老王猛烈拍我屋门，被老王搞醒后看下手机竟然才早上6点，本想打开门先不问老王为啥猛烈拍门，先对他发顿"床气飙"再说。可没想到开门的一刹那，看到老王眼睛通红通红的，后来才知道他一宿都没睡。继而闻到一股狗屎的臭味儿，刚想问老王为啥拍门，就听老王媳妇哭着喊道："老王，快过来，又拉了，带血。"

我跟着老王去他屋子，看到哈莉瘫趴在地板上，老王媳妇在旁边用抹布擦着地，然后边哽咽着边抚摸着哈莉。原来是下痢，满屋子都是浑黄的屎水。老王恳求我在这儿陪他媳妇照料下，他去他朋友那儿借个车，我们住的通州这片也没什么特别大的宠物医院，老王想开车送哈莉去市里给它看病。

我没心没肺地说了一句："应该没啥大事吧，估计吃坏东西了，拉够了，说不定就好了。"我话音刚落，老王媳妇瞪着我吼道："你给我拉好试试？"说罢，号啕大哭起来。现在想来，我那句话真说的不是人话，自己都想一巴掌抽死自己得了。

此时老王却行事冷静，他只是拍着我的肩膀说："拜托了，我取完车速回。以我的经验，恐怕不是吃坏东西这么简单。"老王走后，见老王媳妇一直摸着狗，我只能做些力所能及的事情，涮了下拖把帮着收拾下卫生。

我边收拾卫生才想起昨夜的不对劲儿，老王的卧室里有个独立的小阳台，那儿有为哈莉精心布置的狗窝，不过哈莉不愿意住，这个夏天基本都是睡在客厅的。以往我下班回来开外门，它都会跑过来"调戏调戏"我。不过昨儿半夜回来，我发现哈莉有些不太精神，窝在客厅的地板上一动不动。

老王媳妇后来告诉我，原来后半夜我睡得比较死，哈莉就开始

"呜呜"地哼叫着，然后就不停地呕吐，老王把哈莉抱到自己的屋子，一宿没合眼地照料着。本来到后半夜3点左右，哈莉不呕吐了，老王以为没事了，准备下厨房，给哈莉加个大餐，没想到却开始下痢，一直到现在。

大概一小时以后，老王回来了，让我陪他一起去医院，我当然很严肃地点头。此时哈莉已经彻底瘫痪在地上，我们只能抱着哈莉下楼了。我抱着狗的上身，老王抱着狗的下身，老王媳妇托着狗的腰部，我们三人踉跄地把狗抬起来往楼下运。在电梯里，一个男人特不会说话地来一句："这狗还没死吧，就要撇了呀？"

老王愤怒地骂道："你早上吃的是粪吗？谁说我要撇狗了！"那是我第一次见老王愤怒并且骂人，或许人在看到自己养的宠物出现性命之忧的时候，从人性的角度来说会出现两种选择：守护或者舍弃。我想老王是可以做到用生命去守护，可这社会有太多的宠物饲养者，为了省钱也好，为了不想让自己那么累也罢，竟然会选择舍弃。这是个多么不可思议却又屡见不鲜的社会课题呀！

当我们一行人把哈莉送到宠物医院的时候，哈莉的呼吸都开始急促了。一个多小时后，宠物医生约我们到他的办公室谈话。

老王直奔主题："不会真的是……"

医生果断冷静地回答："是真的！"

我不明白他俩在说啥，急着追问道："是真的什么啊？"

这时老王媳妇却很冷静，声音沙哑地对我说："狗癌！"

狗癌？我一下蒙了，我从来没养过宠物，对这块的常识几乎为零。我问医生："狗也能得癌？这病很严重吗？"我觉得我问了一个特别无聊又傻缺的问题。

医生叹了一口气道："腹腔有肿瘤，目前看是恶性的。建议是把肿瘤和子宫一块摘掉，不过不保证病情会好转。生命结束的危险，随时都有。"

我们被医生的一席话说得哑口无言。老王打破了沉静，长吸一口气，当机立断道："不摘，即使走，我也要让狗狗带着完完整整的躯体离开。"对于老王的做法，我是非常理解的。老王太爱哈莉了，从未把它当过宠物狗，而是当作自己的家人，他怎么忍心救治无望，还在它身体上动刀子呢？当初老王媳妇提议给哈莉做绝育，都被老王严词拒绝了。

我们一行带哈莉回家，这之后我与老王夫妻俩的朋友关系又近了一步。我们都心系哈莉，每次下班回家都抢着给哈莉准备晚饭。医生嘱咐我们，得了肿瘤的狗狗喂食不能太随便，所以比较硬的狗粮和零食基本都断绝了。哈莉经常要吃低盐、无脂肪的乳酪片或者没有味道的白水鸡肉，这让哈莉有段时间非常拒绝食物，并不是病痛让它吃不下，它是在想念它的牛肉丝蔬菜、三文鱼狗罐头。可惜为了它的病情康复，我们必须不去看它乞求的眼神。

不过后来哈莉特别喜欢吃药了，原因是之前配合白水鸡肉喂药，它根本就不吃。后来我们只能在喂药的时候，拿出狗罐头，把药糅在罐头里，哈莉才乖乖地去吃。给哈莉开了好多药物，我看着那些药物，心里说不出来的难受。

因为医生嘱咐狗狗不能感冒，所以从看病之后，老王就再也没遛过狗。哈莉也基本是"窝吃窝拉"的状态，不过我们的哈莉公主还是很爱干净的，虽然得病之后没以前那么活泼，开始发懒了，但每次还是能到指定位置大小便。老王夫妻俩也是个负责的主人，卫生一直收拾得很好，从我搬进来住到现在，从来没觉得有宠物的室友或者客厅等公共空间会很脏乱。

哈莉得病后，就像一个小屁孩经历了一次磨难，变得特别懂事了。不再对我"挖苦讽刺"了，大多时候它喜欢趴在阳台上，透过玻璃窗看着楼下的小区。如果看到小孩儿和狗狗，它会特别兴奋，总是皱起鼻子、翘起上唇，做出微笑的表情。

　　让我这一生都受影响的一幕发生在一个周末，老王夫妻俩要参加一个老同学的婚礼，需要起大早坐城际列车去天津，晚上才能回来。他们把哈莉交给我照顾一天，这是唯一一次两人都离开哈莉，之前不论两人多忙，也一定是有一个人在家守护着哈莉的。而且老王媳妇是做自由设计的，所以基本天天都宅在家里照料着哈莉。

　　那天早上，老王夫妻俩收拾完行装，准备开门走的时候，哈莉拼命地跟在后面要一起走，被我紧紧抱住，老王夫妻俩才顺利地把外门关上。哈莉没有搭理我，径直走到阳台旁趴下。

　　它就这样一直凝视着窗外，突然它站起来吠叫着，我跟过去一看，原来哈莉是看到老王夫妻俩离开小区的背影。我蹲下来抚摸着哈莉，哈莉不停用舌头舔着我，眼神有些老态龙钟，再也不像我来那样古灵精怪了。它慢慢闭上眼睛，昏沉地睡去，这一天它也没吃东西，无论我怎么哄它都没用，我很惭愧我的无能。

　　晚上的时候，外门刚打开，哈莉如飞毛腿一般蹿到门口。老王夫妻俩蹲下来抚摸哈莉，老王把自己的脸靠在哈莉的嘴前让哈莉舔他。他们夫妻俩准备脱鞋进屋，然后神奇的一幕发生了，哈莉竟然会用嘴叼起两人的拖鞋，一只一只地送到两人的脚下，夫妻二人没忍住搂在一起痛哭，然后哈莉却乐此不疲地围着两人转圈，像是在安慰着什么，又像是在诉说着什么。

转眼进入了冬季，进入了12月，哈莉的病情越来越严重。基本走路已经开始踉跄了，进食的间隔时间也越来越长，有一次竟然相隔三天才进食，这让我们惶恐不安。它开始不愿意与人接触了，包括老王，更多的时候喜欢趴在阳台上，看着窗外寒风瑟瑟的小区。

它渴望外边的世界，它渴望阳光与远方。我用诗一样的语言，婉转地说服老王夫妻俩带哈莉出去转转。其实他们夫妻俩又何尝不知道呢，哈莉和他们朝夕相处三年，他们比我更懂哈莉。其实不让哈莉出去，主要是老王媳妇一直在反对。不过在老王多次做思想工作后，老王媳妇决定带哈莉出去拍个全家福。

老王媳妇在网上为她和老王、哈莉买了圣诞老人的服装和帽子，在圣诞节这天晚上，我们相约去小区附近新修好的万达广场逛逛。从一下楼，哈莉就特别兴奋，路上见到几个小孩儿，哈莉变得热情极了，金毛果然是天生对小孩子有极大的友善，即使是生命开始倒计时的时候。

在万达广场，我们找到了一棵挂着电子彩灯的圣诞树，夫妻两人把自己和狗狗的圣诞老人装换好，请求我为他们拍一张合影，我欣然应允。手机咔嚓一声，定格了照片，也把这份人与动物之间的感情定格为永恒。

在圣诞节后的第三天，哈莉安静地离开了这个世界。

　　哈莉是在后半夜大家熟睡的时候走的。离开之前没有任何痛苦的呻吟和呕吐等状况，走得很平静，想来哈莉真是个懂事的孩子，都没打扰我们的休息，连老王夫妻俩都睡得很好，未曾察觉。

　　第二天当我们发现哈莉的时候，它是脸对着窗台匍匐的姿势离世的，嘴里含着的是老王昨夜扔在地板上的臭袜子，我想哈莉三年来对老王所有的情谊，都很好地写在这一瞬间的画面里吧。

　　我们一行人再次找到上回给哈莉看病的医生，在他的帮助下，我们顺利地找到地方把哈莉火化了。

　　医生对我们说道："有一句老话讲'猫死挂树头，狗死随水流'，既然你们住的地方离通州的运河很近，索性就把骨灰撒到运河里吧。"

　　老王没有回医生的话，而是心事重重的样子。回来对我和他媳妇说："不行，我还是想把哈莉埋了，以后想它了，咱也有个见它的地方啊。"我和老王媳妇都表示赞同。

　　因为寸土寸金的北京，实在没法找到合适的安葬地点。在老王的朋友建议下，我们决定把哈莉葬在保定。于是我们一行立即驱车前往。

老王的朋友开车，我坐副驾驶，他们夫妻俩坐后面抱着骨灰盒，一路流着眼泪。

我仍旧不知道该怎么安慰老王，也或许根本就不需要安慰，老王其实比我领悟得透彻，我的悲伤可能只停留在表面而已，而像老王夫妻俩这种，悲伤已经在骨子里了，最深沉的悲伤反而是一种愉悦的状态。

于是，我摇开车窗，点燃一支烟，沉默地望着远方。

埋完哈莉后，我们堆了个土包，以证明这是一座坟，以后若来便于寻找。但不愧是一向细心的老王，他从自己的背包里拿出一个长长的木条，上面有一行字：爱女圣诞金毛之墓。然后把木条插进坟前。老王突然对我们苦笑道："权当墓碑吧，这回可真的要和我女儿说再见了！"

几个月以后，有一天我下班回家，看到老王媳妇对着电脑大哭，我问老王他媳妇这是怎么了。

老王说："她在看电影《圣诞狗狗》，然后就哭了。"我回道："那个电影我很久以前看过，好像是个喜剧吧？"

老王叹气道："对，是个喜剧。估计她是想哈莉了吧。"

我没有说什么，而是回到房间，在电脑上把这个电影搜出来又重看了一遍。然后查了一下这个电影的一首插曲，其中有几句英文歌词，我非常喜欢，翻译成中文是：我们需要知道，这里有圣诞奇迹的存在。我们心里的某个角落，我们需要感受、关爱、希望和喜悦！

因 为 爱 也 有 分 贝

1.

这可能将永远会是一个无声的世界，这里缺少分贝，但从不缺少爱。

2.

这是一个在报社工作的记者朋友向我讲述的真实故事，故事源于他的一次采访经历。他是做民生新闻的，主要做关注城镇农村困难家庭的专题。他在2013年的时候曾到河北的一个县城做关于听障儿童的专访，专访的对象是一家民办听障儿童辅导中心和一个听障儿童家庭。

那是2013年冬天，在早晨呼啸的寒风中，朋友坐上了从北京西站发往邢台的火车，到了邢台之后，连饭都顾不上吃，就到附近的长途汽车站转车去邢台下属的一个偏远县城。他先是到了当地民办的听障儿童辅导中心，其实所谓民办，就是当地三五个学习相关专业的大学生，毕业后没有选择去大城市发展，而是回到了当地从事教育相关工作。在得知这一片十里八乡听障儿童特别多以后，就租了间民宅，成立了一个公益性质的听障儿童辅导中心，基本都是靠工作以外的生活时间去打理。

好多有听障儿童的家庭闻讯后，都带着孩子前来做培训辅导。虽然不能像专业机构有完善的治疗体系，但是对于大多农民出身的贫困家庭来说，这已经算是他们抱有希望的地方了。在这里辅导的主要还是这几个大学生，他们也是专业使然，所以还是有一些成效的。由于人越来越多，事迹也被传开了，当地县政府和老百姓们都募捐筹钱，使之一个由三五人组织的公益机构，变成了一个不收费的民办辅导中心。这其中有一个很大的进步就是他们有了一定的资金辅助，可以请到省内外相关专家常来这里问诊。

因为朋友是从北京来的报社记者，当地得知后特别重视，朋友刚到辅导中心门口，就发现辅导中心的负责人带着很多孩子和家长，在门口已经等候多时。待朋友走近，其中一个小女孩儿微笑着向朋友摆手，含混不清地对朋友说话。朋友认出来了这孩子，来之前看过采访备案，这就是他采访完辅导中心，要去采访的一个听障儿童家庭的孩子。她家有两个孩子都是听障儿童，姐弟俩，面前这个是姐姐，病情比较严重，名字叫小玮航。

朋友半蹲下来，与小玮航面面相觑地笑着。朋友仔细看着小玮航的口型，小女孩儿其实一直在重复三个字"欢迎你"。这让朋友感动得不得了，当时就潸然泪下了。随之朋友用双手摆出个心形，小玮航特别懂事，边微笑着边用小手给朋友擦眼泪，含混地说着："叔叔，不哭！"

现场好多人见此景都哭得稀里哗啦。就算时隔这么久，朋友因为我要写此篇文字，在咖啡馆向我讲述的时候，情绪仍然是激动不已。

3.

在辅导中心的采访是中心负责人安排好的流程，负责人先是带着朋友在辅导中心逛了一圈儿，这是一个民宅大院改造的，有三间平房，每间房子都有东西两个屋子。

除了一间是专门做诊治和办公用的房子，其余两间都是活动教室。因为听障儿童的最佳治疗时机为七岁之前，基本都是在上幼儿园的阶段，所以两间房子基本是按幼儿园的样子装饰的，非常温馨。墙壁上有很多儿童画，都是这些小天使的画作。

紧接着在活动教室，辅导中心的孩子们为朋友准备了几个节目。第一个节目是舞蹈，由四个平均年龄六岁左右的小女孩儿表演，这其中就有给朋友擦眼泪的小玮航。舞蹈伴奏乐是《天竺少女》，孩子们跳得非常好，动作一点儿不逊于专业舞蹈演员。负责人介绍，其实这么一个简单的舞蹈，学起来都是特别不容易的。由于有听障问题，根本无法识别伴奏乐的拍子，孩子们是照着老师下载到电脑里的视频的节奏跳的。这其中小玮航最努力，基本上老师报视频中的几分几秒，小玮航可以马上现场做出视频中的动作。

接下来是几个男孩子的T台走秀，个个都有型男范儿，在朋友看来都有成为时下最火的少年组合TFBOYS的潜质。在走秀部分完成后，伴奏乐直接变成鸟叔的《江南style》。方才跳《天竺少女》的女孩子推着朋友跑回台上，与男孩子们合兵一处，一起欢乐地跳起了骑马舞。朋友后来告诉我，当时的情景会成为他一辈子最珍贵的回忆。

最后一个节目是一个叫胖胖的小男孩儿朗诵诗歌，是一首现代诗，这首诗是这儿的负责人写的。负责人三十多岁，上大学的时候也是个文学青年，从小就喜欢读诗写诗，在大学的时候还成立过诗社。

胖胖虽然也有听障问题，较之其他孩子并不算特别严重，负责人告诉朋友，孩子来这儿快三个月了，进步非常明显。念诗对听障儿童来说其实是非常难的课题。所以负责人让这个孩子念，也是给这些听障儿童的家长们以信心。这首诗具体的每一句，朋友现在已经记不住了，但是他犹记最后两句："有些人从出生开始学会了说话，却用一辈子也学不会闭嘴。有些人从出生开始就保持着沉默，却用每天的乐观写了一辈子的诗。"

4.

节目表演之后，除了小玮航家庭等着朋友忙完辅导中心这边的采访任务后，去她们家采访以外，其余的家庭都已散去。

朋友对负责人进行了一个短暂的专访，专访之后，他安排朋友听一节辅导课。辅导老师是从石家庄请来的专业老师，而学生则是刚刚读过诗的胖胖。教室是一间只刷了水泥的很空旷的屋子，除了一张桌子和两把椅子，屋子里几乎没有大件东西。负责人告诉朋友，这样可以保证屋子的回音效果好，有助于提高培训课程的效果。

老师先念了一段顺口溜："小胖胖，真棒棒。答对，老师请你吃糖糖。来，跟我一起读！"

胖胖乐呵呵地跟着读："胖胖！"

"棒棒！"

胖胖明显感觉有些困难，但还是努力跟着老师的口型复述："棒棒。"

"来，继续，糖糖！"

胖胖胸有成竹地跟着复述道"糖糖"，说罢，很鸡贼地抢走了老师桌前的棒棒糖，然后自个儿笑开了。

老师讲解道："这只是上课预热，接下来才到了正式的治疗矫正阶段。"

老师拿了一个小汤勺撑开胖胖的嘴，让胖胖反复地"啊，啊，啊"，有点儿类似我们看口腔科的时候，牙医总这么搞我们。朋友觉得挺残忍、挺不科学的，要张口阻止，坐在朋友旁边的负责人则示意朋友不要打断老师上课，继续看下去。接着，老师拿出汤勺按在胖胖的舌头上，然后让胖胖不断重复读老师教的词汇。比如，"一个、高的、哥哥、头发"等，负责人告诉朋友，这个叫"压舌板正音训练"。

负责人给朋友很多卡片，卡片上都是不同的拼音或者词汇。原来不是专业的看不出来，孩子日常学习相关的简单词汇，所有的口型全部都不一样。老师要做的就是教会孩子怎么正确地发音，对于较严重的听障儿童，还可以行之有效地与手语结合在一起教学。其实干这行的人都知道，把孩子们教育成健康人的听音说话能力是绝无可能的了。但最起码，让身边的人更为准确地听明白一些常用词汇，这样能更好地照顾孩子，比如孩子病了，知道是哪儿病了，而不是干着急发愁。

压舌板正音训练做了快半小时，休息十分钟后，进入课程的下半段。胖胖背对着老师，老师拿来一些金属制的锅碗瓢盆，打击发声，让其转身辨识。再之后是对节奏的训练，老师以不同频率、不同次数打击同一个东西，频率一般不超过三秒、次数一般不超过五次，然后让其转身重新模拟一遍。

这个环节的最后才是最难的，就是背对着听老师读拼音，然后转身在桌子上找卡片。拼音是按组来培训的，如"u、i、ui""e、i、ei""an、en、in、un"等。胖胖很优秀，回答的基本都对了，速度也很快。

讲课的老师说："胖胖的进步确实很明显，一般正式训练半年能到这个阶段都算快的。如果这个阶段训练得好，起码与同病情的孩子比较，上升不只是一个台阶的问题。"

5.

在结束辅导中心的采访任务后，朋友抱着小玮航，跟随着她的母亲去她们家做客。小玮航似乎与朋友很投缘，主动要求朋友抱她，并且一路捏着朋友的脸撒娇。朋友一度觉得是不是自己的脸太老，让小玮航找到了父爱的感觉。但是小玮航缺少父爱倒的确是事实，她的爸爸是个农民工，常年出门打工，只有春节的时候才会回来。

当朋友到了小玮航的家的时候，着实震惊了，用"家徒四壁"来形容一点儿都不为过，她家是当地重点帮扶的贫困户。小玮航的母亲告诉朋友，小玮航还有个小她三岁的弟弟也是听障儿童，家里还有小玮航年近八十的瘫痪奶奶。而小玮航的死鬼爹，虽然常年在外打工，却几乎不给家里钱，每年春节回来时的钱也是杯水车薪，少之又少。

而家里除了当地政府和乡亲们的帮助，基本常年靠后院几亩地的白菜充饥。虽然不至于食不果腹，但基本也是常年吃不到多少油水，小玮航和弟弟都营养不良、骨瘦如柴的，两个孩子唯一的营养品就是辅导中心老师们给买的豆粉。

正当朋友通过聊天的形式，对小玮航的母亲进行采访时，小玮航正在翻箱倒柜地找她的学习机。小玮航的母亲告诉朋友，那是一年前培训中心负责人送她的生日礼物，不过都被她玩得旧得不成样子了。是母亲偷偷藏起来的，一来怕她玩坏了，二来是舍不得充电的电费。在小玮航的一再央求和朋友的说情下，她的母亲才同意找出来给她玩。这让朋友看着心情特别沉重，很不落忍！

这时小玮航凑到朋友的面前，把耳机递给朋友让他听，朋友戴上耳机一听，原来是轻音乐《风居住的街道》。小玮航把嘴靠近朋友的耳边，虽然含混不清，但一字一顿地说到足以让朋友听懂。小玮航大概的意思是：她特别喜欢这个曲子，培训中心的负责人告诉她，这是一首来自日本的曲子。负责人说他去过日本，那里有一种粉色的樱花，特别特别漂亮，她很想看看是什么样子。

朋友被小玮航内心纯净的世界所感动，朋友答应小玮航，等转年春天带她去北京玩儿。北京有一个玉渊潭公园，也能看到樱花。小玮航听到之后特别开心，坚持要和朋友拉钩钩，这样她才相信。

朋友忍不住又哭了，小玮航依旧为其擦拭着眼泪，并且天真灿烂地吃力地说着："谁再哭，谁是小狗。"

6.

在离开返京之前，朋友对负责人讲，回去跟主编谈一下，争取把此次采访推到头条，让这个社会更多的人关注听障儿童，负责人当时激动得不得了。

其实朋友是理解负责人为什么这么激动的，在我们中国，很多类型病的弱势群体，他们内心最大的愿望，不是你给他们捐助多少钱，而是这个社会给予他们多少应有的尊重，而构成这种尊重最基本的元素就是关注与了解。

朋友告诉负责人，新闻稿的主标题还没想好，他想写一句暖心话作为标题，请负责人指教一二。负责人想了想，说："那就用这句吧——'因为爱也有分贝'！"

黄　昏　海　岸

1.

2015年春节前夕我休春节假，临时退了回老家沈阳的动车票，而是买了机票直飞大连。距离上一次去大连已经两年多了，之所以这么想去大连，一是在雾霾北京加班快一年了，必须得拥抱下大海换换心情；二来年少时的暗恋对象在这座城市，虽然我们已无联系，但是能在她曾穿梭的城市游走一遍，对我来说就已经很满足、很开心了！

2.

飞机在晚上11点左右，准时从首都机场飞到了周水子机场。我在机场附近订了家酒店，下飞机直奔酒店就开睡。我要保证充足的睡眠，这样才能保证第二天早晨很早很早出现在大连滨海路健身步道旁的海边。

于是我果然在第二天早晨5点左右打车到了海边，冬天的海上日出暖和得让本是困倦的双眼更加火辣辣了。

看完日出，又拿石子逗完停驻在石头上的海鸟，我决定沿着健身步道一直走到森林公园，距离其实不算近，大概得走半小时吧。

正准备出发的时候，身后的一个老者叫住了我，问我是不是清晨过来锻炼的，我告诉他，我是外地过来旅游的，准备去森林公园。

没等我继续解释，老人蛮强势地表示他是晨练的，我同他顺方向，要领着我走。还未等我想如何婉转地拒绝呢，老人操着大连海蛎子味儿的口音说，走哇，寻思啥呢！

没办法，我只好一边心里不爽，一边面上非常感激地连说谢谢。其实此时我才仔细注意老人，老人穿着还蛮时尚的，一身阿迪运动装，连鞋子也是。头发已经全白，我猜想他也就六十多岁，没想到他在走路的过程中告诉我已经七十四岁了，当时我就震惊了。

老人问我是做什么工作的，我说我是个出版社编辑。老人听后特别兴奋地回道，我就喜欢文化人，我没退休的时候就在大学图书馆做馆员，特别喜欢读书。我随之一笑，附和道，是吗？我也特别喜欢读书。其实内心的潜台词是，幸亏我没告诉老人，现在在出版社工作的编辑没几个有长期阅读习惯的，好多市面上的市场书都是批量制造、没有内容的文化垃圾。我估计老人会一巴掌把我拍到大连的海里喂鱼。

说着说着,我们已经沿着滨海路健身步道开始走了,冬日的海风吹来,真是清爽得不得了。老人又紧接着问我,咋突然想到来大连玩了?我暗想这算问题吗?到大连肯定是散心看海呀!不过想来也是,不同于来大连的游客,大连本地人对于看海这件事儿,就跟看自己门前的池水沟子没什么太大出入。

我想了想觉得都已经报自己在出版社工作,不能让老人家觉得我没学问,看来说话得适当地掉下书袋,这样有助于提高逼格。我略带文艺腔地笑着说,我来故人的城市,可却找不到故人。

没想到老人紧接着回了一句,既然找不到故人,那么故人对你来说只是个路人。当时我就再一次震惊了,惊到我竟无言以对!

3.

直到此时,我才觉得和这位老人同路是一次意外的收获。我佩服地回道,您一定是个有文化和故事的人,我太佩服了。

似乎这个马屁拍得恰到好处,老人哈哈大笑,特别开心。老人对我说,文化倒不敢说,不过故事还是有的。小伙子,你愿意听我唠叨吗?我连连点头表示当然愿意,于是老人开始慢悠悠地给我讲起了他的故事。

　　老人是个孤寡老人，曾经当过兵，后来一直在大连一所高校的图书馆工作到退休。他的独子也当过兵，在部队已经是有军衔的干部了。本来前途一片光明，可是却不幸在1998年的抗洪抢险中意外离世。儿媳妇带着孙女后来去了国外定居，而老人的老伴也在八年前因脑出血去世。所以这一件件事儿，对老人的打击特别大，当然随之而来的孤独也是等值的。

　　我试图酝酿该用什么样的话去安慰老人比较合适，不过从老人望向远方那坚毅的眼神可以看出，他已经被生活淬炼得不需要三言两语的安慰了。

　　4.
　　穿过森林动物园，我们就一路小跑地到了傅家庄，这边有一个海滨浴场，虽然在大连几个海滨浴场里名气不算很大，但我特别喜欢。来大连好几次基本都是早晨，都在这个海滩看的日出。

　　我与老人正好赶在日出之时到此，老人要带我去见见他的"小伙伴们"，我欣然应允。我们先到了面向海滩的最右侧，有七八个老者穿着泳装正在晒太阳，每个人的精气神儿都特别好。他们看到我身边的老人来了，都热情地打招呼。

老人告诉我，他也是这一伙儿人之一，他们晒完太阳都进大海冬泳，一般游十分钟就出来，不敢待得过长，要不这老胳膊老腿儿支持不住。他最近是因为风湿骨痛犯了，所以不敢下水。

当看到眼前的小伙伴们晒完太阳，一个个如鲤鱼跃龙门一般跳进翻涌的海水里，他特别特别羡慕，此时我从他的眼神中，除了坚毅，还能看到童心未泯。

我从海滩的最右侧开始往海的中间走，软软的海沙踩着特别舒服，老人对我讲，你把鞋袜脱了，才能真正感受到大海给你的舒适。于是我听从老人的建议，脱掉鞋袜往前走，偶尔一层海浪冲在脚上，虽有些冰冷，却感受到越多的暖。

这一路，海滩上的食品袋等垃圾，老人都会捡起来，然后孩童般地小声嘀咕道，真讨厌，不爱护环境。不过虽小声嘀咕，却丝毫看不出生气的样子。我当时还特意问老人是否生气，老人打趣地回复我，哪能，总生气容易老。老人心态之好，真令人好生羡慕呀。

到了海滩中央，老人发现有孩童在捡石头。老人就蹲下来，陪孩子捡了起来，像个老小孩儿一样，指点着，这个石头好看，不要那个。一捡就捡了十多分钟，估计早已经忘掉我这个陪同者在一旁尴尬地站着。

　　这时候发现一艘渔船靠在岸边，其中一个打鱼的人看到老人，连忙上前打招呼。说老人来得巧，今儿刚好打到几个个头大的海星，要送给老人，老人听完之后笑得合不拢嘴。打鱼的人总共给了老人五个海星，我问老人，你要海星干吗？用来吃吗？这个东西多难吃呀。老人向我解释道，偶尔会吃，其实味道还可以。他要海星主要有两个用途，其一是与中药配一起做药汤，其二是风干做标本。老人说，他家里有好多海星，他把这些海星风干后，抹上各种水彩或者油漆，漂亮极了。他特别喜欢海星，这种喜欢是看似简单却足够倾心的热爱。

　　我又问老人，为何这么喜欢海星？老人笑嘻嘻地说，你肯定不知道海星有再生能力吧。其实海星是无性繁殖，貌似初中的生物课本里就有了，我当然知道呀。不过为了照顾下老人的面子，我装作特别无知的样子，哇，真的吗？怎么可能呢？

　　看来效果很好，一下把老人捧得特别高兴，他可找到机会打开话匣子了。老人像是孩童找到了宝贝一般，在我的耳侧说，我告诉你哈，海星的绝招是会分身术。假如把海星撕成几块抛入海中，每一个碎块会很快重新长出新的，然后变成一个新海星。你说神奇不神奇？

　　戏既然演了，就得做真做到最后哟，我睁大眼睛，咧大嘴，像找到财宝一般随声附和、神奇，神奇，太神奇啦！附和完，我拍了张海星的照片发微信朋友圈，配的文字是"我颜和海星毫无违和感"。

我拿给老人看。老人说，用的词儿太时尚了，读不懂。我介绍道，我的意思就是，我的脸和海星挺像的。老人略微思考，然后冷幽默道，你考虑过海星的感受吗？

什么？这位老人也太时尚了吧？这岁数还会用这种高端黑开玩笑不说，而且竟然会时下比较流行的网络词汇呢。老人倒很谦虚，一再强调我们俩的关系，一直都保持着五十步笑百步的关系。

后来我和老人就这么坐在海边，聊天南海北、聊人生无常、聊老人的少年往事，也聊我的当前困惑，直到中午吃饭的点儿。

5.

临近中午的时候，本来应各自散去，但我主动约老人吃饭。老人很诧异，只算萍水相逢，为何要请他吃饭？我说我其实也是个写作者，想把今儿与他的相遇写篇文字，同时我想知道他如何看待孤寡老人这个群体和孤独这个词汇，他欣然应允，并表示必须他请客。

我问缘由，他给了我三点：其一他有退休金，是有经济能力的孤寡老人；其二他是长辈，我是晚辈；其三，我非大连人，他主我客，主请客理所当然。

在饭桌上，我问老人点什么菜。

老人说，来个锅包肉。他一再表示，别看他岁数大，胃口和牙口是相当好。还不忘调侃我，说我这么胖，一准有脂肪肝。

我心里暗想，干吗这么伤害我弱小的心灵。

待菜都上齐，我们俩一人一瓶啤酒开始走起，老人先是跟我讲起对中国当下孤寡老人的看法。

他首先强调，严格意义上，他不算孤寡老人。

他向我解释道，书面对"孤寡老人"的定义是：无配偶、无子女、没人照顾、年纪超过六十周岁、丧失劳动能力的人。而他觉得自己是具备劳动能力的，虽然他基本没做啥劳动，最大的劳动就是收拾收拾家里的卫生，大多时间是出来玩了。

而且他是有退休金的，在中国没有收入的人，在农村称之为"五保户"，在城市称"三无人员"，他特别讨厌这两个词汇，至于原因嘛，一两句也难解释好。

老人觉得中国的孤寡老人群体问题，从大方面说，中国的福利政策完善和落实很重要，推进社区养老体系更重要。从小方面说，孤寡老人应该发自内心愉悦起来，做到老有所乐，就像我一上午陪他做的事儿一样，无论散步、冬泳、陪小朋友捡石头还是做标本，都可以算作给自己找事儿做，而他在这些事儿中也自得其乐、内心充盈。

这便也回答了我第二个问题，关于孤独的理解。所谓孤寡，不是看身边有无交心之友相陪，而是看是否有充盈愉悦的内心。

老人表示，他不觉得孤独。

每个老人，尤其是孤寡老人，内心都该有一个只属于自己并且愉悦自己的黄昏海岸，而他早已经找到了，所以他说他是幸运的！

还 好 ，
我 们 的 爱 不 脆 弱

1.

小的时候，我总是喜欢坐在村子边的河滩上仰望星空。我常常在想，这世界上，会不会也有人如我一般以一种独特的身体结构存活于世？这个问题曾经困扰我很久，却终是百思不得其解。直到长大以后，我学的知识多了，懂得也多了，我才知道原来是有的。

我得的是一种先天疾病，而且还是一种罕见病。不仅发病率是十万分之三，更悲观的是，几乎患有这种罕见病的人的寿命都不会太长。当我第一次在很多专业资料中了解之后，我一度歇斯底里过，陷入痛苦的自暴自弃中。我抬头骂老天爷，为什么对我这么不公平，为什么我偏偏就是这十万个人中选中的三个人之一。

或许故事叙述到此，你可能猜到了我所患的是什么病。这种病的医学名称叫"成骨不全症"，民间叫"脆骨病"，而我们这个群体还有个凄美的名字叫"瓷娃娃"。其实我绞尽脑汁在想用别的词汇代替"凄美"，可是到最后，我觉得好像没有比这个词汇更合适的了。这个词汇在我这儿的理解是，我们这个群体都是经历人生中那么一段凄凉之痛后，才会发现世间是如此美好，而我们又是如此热爱。

2.

我从小就喜欢画画，从最初临摹卡通人物，到有绘画功底后，我便常把自己的内心世界画出来。我觉得我的画笔下从来不缺少阳光与微笑，因为我明白一个道理，悲伤永远不是来自于疾病和别人好奇的眼神，而是自己的内心。你内心看到的是什么，你的精神世界里便是什么。

儿时我坐在村边的河滩，内心看到的是失望，所以夜空给我的感觉永远是一片漆黑。如今内心看到的是岁月安好，再看夜空，更关注的反而是璀璨星辰。不过后来去北京发展，雾霾天实在是太多了，我发现星辰璀璨不璀璨，跟你内心能看到什么没有半毛钱关系。

我是上了初中后开始系统地学画画的，学艺术其实蛮费钱的，对我这个农村出来又身患疾病的人来说，其实是不太现实的。但是母亲坚持要我学，她时常鼓励我。而父亲虽然是个老农民，不善言辞，却默默地把攒下来的家底儿拿出来承包了片山头种果树。

　　我感觉很对不起二老，这不仅是因为后来我没能考上专业院校。实际上，中学六年系统的美术学习生涯，我从未偷过半分懒，文化课也从来没敢落下丝毫。但由于身体的原因，我经常骨折、痉挛，让我总是没法进入一个非常好的状态。艺考的前期，更是因为我不顾老师的反对，一定要参加四百米跑步最终摔倒骨折，导致我在艺考的考场发挥失常。

　　考试的画作，我最终还是没有满意地完成。后来到北京发展，我想过补画一幅送给父母，可想想还是算了，因为有些内心中最美的画面，任你再厉害的画师也没法画出来，不过我想鼓起勇气在这篇文字中写出来。

　　那其实是发生在我小学四年级的时候，那会儿我经常骨折，父母带着我从县城医院，到市区医院，再到省城的医院，想检查出我患的到底是个啥病。左右邻居都说我这种病，骨头一碰就全碎，活不长的。母亲不愿相信，父亲打死不信，就这样他们花了当年种地卖粮赚的所有钱带我去看病。

　　我至今犹记我们去一家不靠谱的私立医院的事儿。那是一个特别不靠谱的黑心医生，他又让拍片子，又让去这个检查、那个检查，花了好多不该花的冤枉钱，然后到最后竟然就一句"软骨病，没得治"就了事了。我父亲听完当时就急了，软骨病是种啥病，应该如何医治，像我这样到底严重到什么程度，作为医生你得讲明白、说清楚呀，知道一个医生对病人说"没得治"是多么严重的话吗？可能直接会把病人和病人的家属打到绝望的地狱里！

3.

那个医生被我父母逼得也说不出个所以然来，就说这孩子就是缺钙，得多补钙嘛！于是开了很多很多各种补钙的药，说实话，对于当时我们那种家境，价格算不菲了。

可我那时候还特别小，什么也不懂，父母一带我去医院，我就高兴得不得了。总以为那是个神奇的地方，就好像日本动画片《神奇宝贝》里的宝贝球，受伤再严重的宝贝，只要进了球中，再出来都会完好无损。

后来到北京加入了一家关爱瓷娃娃的公益机构，认识了许多和我一样的病友，我才明白，医院原来是个让你更加直观地了解死亡的地方。可能前一秒还对你微笑的病友，后一秒推进急救室就只能去天堂微笑了。以至于后来死亡在我脑海里的画面，不过就是急救手术室门一开一关的事儿。

其实我父亲后来说，他心里明镜似的知道，那些药对我没太大用。因为我们刚出门就遇到了一个老父亲带着肌体严重变形的女儿。这个女孩儿比我大，长得很漂亮，我现在还能记住她的样子。可是她与我的命运一样，我们都是被老天爷选中的十万分之三。

他父亲是来找这个医生算账的，开的药吃了快三个月了，一点儿效果都没有。医生称就是缺钙，得坚持长期补钙！气得这位老父亲两眼发红，差点儿没哭出来，他骂道，你才缺钙呢，你们全家都缺钙！

父亲在犹豫要不要买，我当时一直抱着他的大腿哭闹要吃这种"钙片"！母亲也坚持要买，于是父亲减了一半药量还是买了，后来事实证明，没有任何效果。父亲为此在家生了很长时间的闷气，天天不停地吸旱烟，头发一夜之间都白了，那时候父亲还没到四十岁呀。

这件事儿时至今日想起，我依旧万分愧疚。后来母亲来北京照顾我，我们母子俩聊起这事儿，母亲一直强调，这是为人父母该做的，不必愧疚。

我后来也想通了，身体脆弱不代表能力脆弱，我应该把更多时间放在画画、卖画上，庆幸的是我后来真的可以靠画画养活自己和这个家了。

4.

在这个被称为"瓷娃娃"的群体里，我可能真的是太幸运的那一个。因为我的病情并不算最严重的，而且有自己的爱好和混生计的本事，更重要的是我有爱自己的父母。

　　我们得的这种病，最大的一个特点就是易骨折，即使没有外力，严重的患者易反复自发性骨折，甚至极其严重的还会身体萎缩，直至死亡。我记得从小到大，大小骨折不下二十次，我的很多病友中，骨折几十次到上百次的那都不叫事儿。

　　那什么叫事儿呢？当然是死亡了。得我们这种病的人，其实早就把死亡看得淡了，自身不会有太多的恐惧感。但是我们最难受的，不是自己的死亡，而是亲人的痛苦。在我们活着的时候，时时与家人抱着希望和微笑，珍惜每一分、每一秒。在我们死之后，无尽的悲痛和眼泪会弥漫得让这个家庭再无欢声笑语。我们既痛苦又幸福，痛苦在无法改变既定的事实，幸福在悄无声息地读懂珍惜。

　　这可能是一个正常家庭无法体会得到的一种精神氛围。

　　我听过这样一个故事，由于这种病在国内依旧没有专业的治疗体系，有个刚满十八岁的小男孩儿因为全身极度萎缩，最后扛不住离开了人世。后来得知，是他母亲缺乏一定康复训练的常识，以为得这种病就不能动，所以这个男孩儿从出生到十八岁离开人世，他几乎都是在床上躺着度过的。

　　十八岁，一朵花刚盛开的年纪，可是还没来得及盛开就凋谢了。

　　我想老天爷对我是公平的，但是对这个男孩儿却是不公平的。在这个最美的年龄，男孩儿应该像大多数孩子一样尝试逃课泡网吧是什么感觉，尝试和一群哥们儿在球场上打比赛是什么感觉，尝试和初恋一起在路灯下牵手轧马路是什么感觉。可命运让他只能独自发呆，望着自家天花板十八年是什么感觉？独自生活在平行空间望着立体空间的我们是什么感觉？

是什么感觉呢？我猜不到，可能你们更猜不到。这个问题我问过我一个病友，他很简单粗暴地回答我三个字：没感觉！

所以这世间的正常人呀，当你们每天都在朋友圈里负能量地说着感觉累了、感觉烦了、感觉不会再爱了的时候，你要记得，你至少应该庆幸自己是幸福的，因为你们可以确定你们是有"感觉"的，而我们这个群体有太多人至死都不太清楚所谓的"感觉"到底是什么，若说感觉最深刻的，那应该是每次骨折的痛楚吧！

5.

在公益机构，我也认识很多有才华的病友，有手工艺小达人，有专业针灸按摩师，有喜欢读书和钻研咖啡的文艺青年，还有很多很多拥有各种技能的病友。我们愉快地聊天，成为朋友，互帮互助，交流康复训练心得，互教自己的专业技能。

后来我们组织了一场万人拥抱活动，我们就在城市的各个繁华街头、地铁站出口，去向他们讲述"成骨不全症"是一种什么病，而"瓷娃娃"又是一个怎样坚强乐观的群体。我们希望社会能正确地了解我们，并不像网络上有一些帖子，竟然说我们一碰就骨折，甚至自己打个喷嚏就骨折，非常脆弱。看到这些新闻，我并没有常人想象的那般愤怒不已，反而觉得好气又好笑，心态很好地当个乐子一看罢了。

我只是想说，如果我们真的像这些网络帖子说的那样，那我们为什么叫"瓷娃娃"呀，应该叫"泥娃娃"更好呢。泥是脆弱的，而瓷不是，瓷是经过火淬炼而成，而我们也是常年经历身体和精神的磨炼而成的，所以我们的精神毅力很强大，甚至比很多同龄的正常人要强大得多。

那次万人拥抱的活动效果非常好，我一位坐轮椅的病友哥们儿友好地打趣道，这个活动不错哈，可以借机抱好多姑娘哟。结果迎面走来个最少两百斤的胖姑娘，大伙儿起哄让他去拥抱，结果病友哥们儿难为情地说，我只是开玩笑啦，那边还有好几个男同志等着我去拥抱呢。说罢，我们哈哈大笑，笑他是个尿包。

很多路人看着我们，都投来赞许的眼光，我知道他们只看到我们身体的异样，但是我们的内心却是特别健康阳光的。我们这个社会总在强调传递爱、传递正能量，很多人觉得这些都是大话、空话，不知从何做起。其实向我们学习就好，每天都对你认识或者不认识的人微笑一下，在病痛相伴的无趣日子里自己逗贫找乐！

我们看到社会在了解我们、包容我们、爱我们，我庆幸我们活在一个好的年代，尽管它可能不是一个最好的年代，尽管它有很多体制上的不完善。可是只一味地去强调、评论、批判有用吗？不如做点儿力所能及的事儿，很感谢那些帮助我们的志愿者，他们开了一个好头儿。

所以我们这个群体也在想尽一切办法，通过我们的技能为社会做些能做的事儿，比如我会画画，我经常给帮助我的志愿者画画。有个志愿者的孩子三岁了，我给他画了一张全家福，我好羡慕，真的真的好羡慕。

6.

我记得我认识的病友中，最小的孩子才十多岁。他很自卑，不愿意说话，他总是强调自己的身体很脆弱、心灵更脆弱，总是接受着家人和社会爱心人士的帮助，可他却什么都做不了。直到他遇到了公益机构的负责人之一，他对这个孩子只说了一句话：还好，我们的爱不脆弱呀。

我特别喜欢这句话，我愿意把这句话当成自己的座右铭。尤其"还好"两个字用得特别精准，"还好"代表一个低迷的失落期的结束，但它更意味着新的生活还是奔着好的方向继续前行着的。

如果 生 命

只 是 一 场 碎 梦

1.

　　刚来北京的时候，我在北三环附近工作，却住在北五环外的天通苑。那会儿初工作，进入我所从事的行业，什么都不会，基本上等同于一个废人。所以那会儿的部门头儿对我蛮好的，并不会给我安排很多工作，只是把大体工作布置下去，告诉我尽力就好。我那会儿特别感激，立志要把工作做得出色到位，所以总会打鸡血似的经常在公司加班，赶晚上10点以后的地铁回家是经常的事儿。

　　那一次我加完班已经小10点了，我昏昏欲睡地坐五号线回天通苑，大概是过了惠新西街北口站，我听到有人弹吉他唱歌。歌声淹没在吵闹的人群声中倒不是听得太清晰，不过清脆的扫和弦的声音却格外吸引我，仔细一听应该是汪峰的《碎梦》。待歌者走近，发现是一个看上去文质彬彬的男生，却很撕裂摇滚范儿地唱着："如果生命只是一场碎梦，我为什么还在追逐。如果人们看到我的背影，还会不会为这个傻瓜而感动。"

这个男生身材不错，长得也很清秀，一副呆萌呆萌的表情，着实是姑娘们的菜。不过穿得很一般，那会儿是夏天，他的短袖应该是淘宝那种几十元的，穿的鞋子还是春天的靴子。我仔细看了看袋子里的钱，只有零零碎碎的一些一元硬币，彼时听他唱得嗓子有些哑了，看来他应该是辛苦唱了一晚上，却基本上颗粒无收。

那会儿我的薪资也少得可怜，可从来没有离开北京的打算。我也曾数次问自己，为啥就不离开北京呢？仅仅是因为没有学历，回老家也找不到像样的工作吗？貌似也不是，如果用这个当理由，不免有些牵强。所以那会儿下班在地铁里，我总是在心里默默地问自己。

男孩儿走到我面前时，把《碎梦》余下的部分唱完。我本来是不想给钱的，但是人家站在我面前，而我确实愉悦地听了人家的作品，所以我应该是给报酬的，所以掏出一个硬币放在他身前的袋子里。男孩儿冲我微笑，特别暖，特别柔和，虽然我是男生，都经不住这样的放电了，所以也是醉了，就又掏出十元放进去。

待出地铁站口才发现，只能拿整一百买路边的炒饼，然后咽了咽口水，算了，忍一忍不吃了。之后为掏出的那十元，胃空肝疼了一晚。这之后的每天晚上，在五号线基本都会碰着他，除了唱汪峰的歌，他也唱崔健、许巍、Beyond的歌，都是我喜欢的。

2.

我在北京的北三环附近上班，离我们公司所在大厦最近的便是安贞桥，这座桥是北三环和安定门外大街的交汇处，而在桥西处便有一个名为"安贞桥西"的公交车站。那会儿我谈了场恋爱，另一半在东三环的双井上班，所以我经常下班在安贞桥西坐公交车去找她吃饭。

有一次快走到公交车站，就看到附近有一群人在围着，人群内传出唱歌的声音，并且是一群人在唱。我带着好奇的心理走近发现，总共六个人在唱，是一个人员相对完整的乐队。其中鼓手击打的不是架子鼓，而是用几个废弃的铁桶组成的。

我小的时候稍微学习过一点点音乐，对架子鼓有些了解，虽然这个鼓手用的鼓看起来挺不伦不类的，但是从鼓的节奏里我能发现和架子鼓的鼓点还是差不多的，基本上能清晰地听出来是有低音鼓军鼓的。再看这个鼓手旁边的吉他手，我当时就震惊了，这不是以前在五号线唱歌的流浪歌手吗？我冲他微笑、摆手，可是这孩子认真地沉浸在表演中，根本没有分散精力照顾下我这个老粉丝的幼小心灵。

后来经常能在北三环看到他们，听上两首歌再走，其实还蛮享受的。后来才知道他们是个由流浪歌手组成的乐队，乐队的名字叫"桶子鼓"，经常出没在东三环、北三环一片儿的繁华地带。而我第一次在安贞桥西听的那首歌，是他们的原创歌曲，名字叫《林妹妹》。歌词、旋律虽然简单了一些，但是富有真实的情感，就像萧煌奇唱《你是我的眼》一般，那是以自己的经历和感悟写出来的歌，只有主角自己唱才是那个味道，达到了人歌合一的艺术境界。

3.

有一次晚上加了一会儿班，下班就在公司附近的快餐店吃盖面。店里有台很旧的电视机，上面放着的是辽宁卫视《激情唱响》节目，无聊瞄了几眼，却突然看到很熟悉的一伙儿人拎着好几个破铁皮桶上电视，从画面上看，台下的导师陈羽凡对此颇感兴趣。

他们就是我熟悉的由流浪歌手组成的"桶子鼓"乐队，他们翻唱了《红星闪闪》这首红歌，其实翻唱的这个版本整体还是蛮好的，但是感觉大伙儿好像上大舞台有些紧张，有些气喘不匀的感觉，整体节奏和表演确实稍欠火候。

我后来在网络上查到，他们也参加过安徽卫视《势不可挡》节目，节目中的评委董浩、潘长江给的都是不通过。虽然他们付出了很多辛苦，虽然他们的梦想值得尊敬，但是不管是整体的配合、唱歌的角度，还是人员的搭配和包装，他们都很难走商业艺人的路子，这其实是他们应该客观了解的一个事实。

在那次搜索他们的视频中，我也看到他们做客北京卫视一个谈话类节目，他们都不容易，六个人曾经是饭店洗碗工、IT工程师、保安、医院后勤、音响师、音乐老师，却因为音乐梦想放弃原本的工作，聚集在一起成了流浪歌手，奔波在北京的地铁、广场、地下通道里，拼命地唱歌，过着没有固定薪水的工作。

而且他们都是农民出身，家庭条件都不好，其中的主唱和我年龄不相上下，却初中就辍学外出打工，供两个弟弟上学读书。这些故事对听者来说，好像已经不算是什么新鲜的故事，而对他们来说，是每天在梦想面前的煎熬与彷徨、在经济面前的窘迫与尴尬。

可是又能怎样呢？谁叫这偌大的世界里，有那么一群人，尤其是搞文艺的人士，就相信这世界是有梦想的，并且通过自己的努力是可以实现的。即使这些梦想是碎的，他们也愿意忍受痛苦一个个拾起，再一个个拼凑成完整的梦。到最后忍受痛苦变成一种有安全感的享受，为梦想拼搏，本身就是一种梦想。

对于他们，我只是一个互不相识的路人甲。但我不会对他们衷心地祝福，我不祝福他们会大红大紫成为耀眼的明星，我只愿他们无论做流浪歌手，还是以后放弃这条路干别的，每一次人前的演唱都是快乐的享受。把唱歌当成一种愉悦自己也愉悦别人的事儿来做，而不是用所谓的高大上的梦想绑架自己纯粹的歌唱。

4.

再遇见"桶子鼓"乐队是一年以后，某天晚上下班我去双井UME看电影，看完电影就在地铁站附近的广场看到了他们。人群围着好几层，我努力地钻到最前面，没想到乐队就只剩下了三个人。不过稍微欣慰的是，当初在地铁里唱歌的那个男生还在。

那次现场的人特别多，大家都非常捧场，他们一口气唱了十多首歌，都没给自己喝口水休息的时间。正当他们唱得尽兴，大伙儿听得也尽兴的时候，一群不速之客却过来了，是四个附近的城管。其中一个城管很嚣张，走过来都没说话，一脚就把鼓手敲击的铁皮桶踢到一边。鼓手并没有发脾气，而是边去捡桶边小声告诉旁边两位伙伴，快收拾东西，我们走吧。

听歌的大伙儿看不过去了，声讨城管：这是广场，大家都在玩，旁边有一群老年人在合唱，还有一群大妈在跳广场舞，凭什么人家三个流浪歌手唱歌，你要赶人家走？

城管不耐烦地听着大家声讨，一开始趾高气扬地不予理睬，继而架不住大伙质问，回答道，这儿不允许唱歌卖艺，这是国家提供给老百姓健身娱乐的地儿。说罢，还要去踢桶子鼓乐队的器材，逼迫他们赶紧离开。这时一个老者拦住城管，转身对乐队三个人说，你们把乞讨盒子收起来，继续唱你们的，唱得多好啊，大伙儿还没听够呢。

城管一听这话怒了，示意几个同来的人，只见那几个人像是训练有素一般，心领神会地就开始要动手砸乐队的东西。这时几个年轻的北京孩子大声喝住，走过来指着几个城管的头开骂，城管还没来得及回骂就被这几个北京孩子抽了几个大嘴巴，并且跟着骂道，不服动我试试，不敢的话，马上给我滚丫的。城管只好灰溜溜地走了，几个北京孩子扔了好几张百元大钞，示意乐队继续唱，没办法，三个人只好硬着头皮继续唱着。

说实话，我当时在旁边看着，有那么一刻我也想冲到城管面前，揍丫一顿。不是我没这几个北京孩子的胆量，只是我觉得虽然这几个北京孩子纯属好心帮忙，但是这种以暴制暴的解决问题方式毕竟不对。这些流浪歌手就靠在北京这几个繁华的地段唱歌呢，回头如果还在这儿唱，城管肯定把账记在他们头上。虽然今天面儿上是帮了他们，但其实是害了他们。

我犹记他们唱了一首Beyond的《真的爱你》，唱得特别投入，我听得特别感动。

有时候，我也在想，我们偌大的一个国家，一直在歌颂爱和关怀，天天在宣扬传递正能量，可是现实中我们绝大多数人都是负能量传播者。

5.

后来一次朋友约我去簋街吃麻辣小龙虾，出五号线北新桥地铁站，我又听到他们在唱。当时朋友还没到，我在地铁站边听歌边等朋友。乐队唱了四五首歌，估计是唱累了，就和大伙儿互动，邀请人上来唱，不过看来大伙儿都很怂，竟然无人敢迎战。

正好我闲着也无聊，就上去让他们给我伴奏，我唱了一首《北京，北京》，那是我第二次在北京的街头唱这首歌。我们配合得很好，我唱完之后特别开心，就像有很多故事终于一口气跟老朋友讲完了一般。我与这支乐队的人并无私交，但是在好几年的北漂生活中，身边朋友离开北京不知道多少，所以他们对我来说是特别熟悉的面孔，看到他们就觉得像见到了老朋友，见到了这些年北漂一路走过来的点点滴滴。

在唱完的时候，朋友也来了，临走之前我放了一张百元钞票，拿走他们的一个自制光碟。算是我白听了这么多次他们的演唱会，一次性付票钱吧。

在往簋街那家小龙虾店的路上，我哼哼着汪峰的《碎梦》：如果生命只是一场碎梦，我为什么还在追逐？

我突发奇想地问朋友，怎么理解我刚刚哼的这句歌词？

朋友苦笑着回答，梦都碎了，还追逐干吗？

我不置可否，认真思考下回道，好像有些道理呀。

朋友捧腹大笑，有个鸡毛道理呀！梦想这种东西，如果有，就必须得追！

白　色　乌　鸦

1.

2013年国庆节的时候，我和三个好朋友去杭州旅游，火车行至嘉善县的时候，我们临时做了一个决定插路先去西塘古镇游玩一下。虽然到了之后被人山人海的场面吓尿，其中一个好朋友还差点儿没被挤到西塘古镇的河里喂鲤鱼，但与再之后去杭州西湖，眼见有人在断桥上被挤下西湖里比起来，我们又觉得还是蛮幸运的。

但其实于我而言，更幸运的是与一个起码精神上很志同道合的人相聊甚欢。虽然之后再无联系，相忘于江湖。但有那么一次只如初见、畅所欲言，其实这也是人生一个莫大的幸福吧。

这个事儿说起来，其实要谢谢陪行的三个好友中一个很悲摧的哥们。我们是白天进的西塘古镇，发现人多得已经把每个街道都挤满了，每一个游客都恨不得腾云驾雾地走过去。我们就商量了下，准备先退到镇外、订好客栈，晚上再进镇子来玩。

可是无语的是我那个悲摧的朋友，估计是火车上碗面、矿泉水吃多了，从嘉善县下火车就开始腹泻，这一路与其说是去西塘古镇，不如说是陪他寻找厕所。在我们准备离镇的时候，他又光荣地在厕所里待了一小时没出来。我们都觉得这么一直等不是办法，干脆改变策略，多花点儿钱在镇里找客栈吧。

另外两个好朋友是夫妻俩，嘱咐我等着在厕所里的哥们，他们夫妻俩想单独溜达一会儿，顺便找找合适的客栈。我欣然答应，要他们好好溜达，给我打电话就好，不用过于着急，内心则是羡慕嫉妒。因为我心里明白得很，所谓单独溜达一会儿，无外乎在这个浪漫的小镇，找个人少惬意的咖啡馆边喝咖啡说情话、边恨不得把这一辈子的嘴都亲完。

可惜命运于我却是在厕所门口，等着另一个比我更悲摧的哥们。望着人家小情侣渐渐走远的背影，我只是小声转了句英文："If I have a girlfriend, I can also!"

这时恰巧一个男老外从我身边过，貌似听懂我说的话，用特别浓的腔调对我说了句蹩脚的中文："上帝会保佑你的！"

2.

等了半小时，我那悲摧的哥们儿丝毫没有光荣走出厕所的迹象。我就在厕所对面的路上，笔直地沿着路往前走，寻思挑些好玩的小玩意儿带回去。于是我沿着所在的这条街瞎转悠，走着走着，一个小店吸引了我，里面是手绘的各种小礼品。

正当我全神贯注地在店里一番浏览的时候，一个很有磁性的女孩子声音吸引了我："请问您要些什么，我可以帮您吗？"

我猛一抬头，吓了一跳，对方也被我这种不礼貌的举动吓了一跳。映入眼帘的这个女孩子，我该如何形容她的样子？能看到的她的皮肤包括脸部，都呈乳白色，而头发是淡黄色，几乎看不到黑色的头发，有点像3D网游中精灵一族的样子。

她眼神儿并不是太好，眼睛眯眯着，戴着一副镜片很厚的眼镜。不过仔细看，能发现她的眼球是粉红色透明状的，有些畏光，不敢站在店门口太阳能照进来的地方，后来我才知道她得的是一种叫"白化病"的疾病。我为当时的不礼貌向她道歉，不过这个女孩心态还好，压根儿就没当回事儿，这有可能是她在这种人流量高密度的旅游区锻炼出来的，想想就知道如我这般诧异的眼神，她已经是经历无数次了，可能早已习以为常了。

她淡淡地对我说："是不是我的样子吓到你了？对不起哟！"

我此刻还在惊诧中，没缓过劲儿来，连忙微笑着说："没有，没有。"继而摸了摸脑袋说，"你是这里的店主吗？"

女孩儿也对我报以微笑，很开朗的那种微笑，一下子让我的心特别特别暖。我刚要回话，刚才去找房子的两个朋友拍着我的肩膀："喂，你怎么知道我们在这对面订的客栈？"

"啊，是吗？"我不置可否，我的注意力还在这女孩子身上，没有缓过神来呢。女孩子见我也没有要买东西的意思，转身要去接待别的客人了。我赶忙摆下手，有些口吃地道："那给我来个手机壳吧，苹果4的。"

女孩子不紧不慢地指了指我旁边的柜台说："这里面都是，您看看。"我扫了一眼，直截了当地说："这个夜空图案的挺漂亮的。"女孩儿瞥了一眼儿道："这是梵高的《星月夜》，我临摹手绘的。"

我拿出手机壳把玩着，被女孩儿的才华所震慑，手绘得真的非常唯美。我刚要问手机壳多少钱，准备买来着。这时蹲厕所的那哥们儿小跑过来与我们会合，是那夫妻俩给这哥们儿微信发的坐标。他们都拽着我，说回头来逛，先去客栈放行李。我就被几个朋友生拉硬扯带走了，直到放下行李，在镇子里玩了好一会儿，我才想起我手上拿着人家的手机壳，却还没付钱呢。

3.

黄昏的时候，我们在镇里随便找了家馆子吃了口。我想欲回客栈的，实际上还是想找那个女孩子聊几句，顺便把钱给她。我真心觉得她好美，就像童话里的公主一般，我猜想她一定是个有才华、有故事的人。可是我最终还是被三个好玩的朋友拉到酒吧待了好久。

我们边喝酒边聊天，蹲厕所一个多小时的哥们儿调侃我："你口味好重呀，不会看上那姑娘了吧？"我举起没打开的啤酒，笑骂道："喝酒堵不上你的嘴呀。"

我那对夫妻朋友中的女孩儿是学医的，她告诉我白天见到的女孩儿得的是"白化病"，是先天遗传性疾病，他们很可怜的，视力严重低下，由于这种遗传性疾病是基因突变造成的，所以单纯靠眼镜矫正基本无望。而且皮肤很敏感，长时间在太阳光下容易晒伤，甚至有可能得皮肤癌。

听完朋友的叙述后，我瞠目结舌，不知道该说些什么。我自嘲见识太少了，自己吓一跳不要紧，但是伤害了人家的自尊心。于是就不知哪来的一些莫名其妙的情绪，就特别想喝酒，从出酒吧到客栈吐了一路，后来想想不是我黑西塘，感觉这些旅游区的酒吧肯定都或多或少卖了不少假酒。

在客栈的洗手间吐了一轮，本来就应该直接睡觉，好好休息下。

可是我多了个小心眼，对几个朋友说我在楼下吹吹风醒醒酒，其实我是想单独去见见那女孩子。当我走出客栈的时候，发现她正在收拾店面准备关门，她脚后有只可爱的折耳猫屁颠屁颠地跟着她。

"对不起呀，白天走得急，忘记付您钱了。"女孩儿望了我一眼儿，很冷淡地说："五十元，把钱放柜台上就好。"见女孩儿也不是太愿意和我聊，我就放了一百元，因为在心中我觉得这个作品是无价的。

我刚转身要走，不争气的胃没忍住，蹲下便在人家店门口吐了。她赶忙拿了几张纸巾走过来递给我，我边擦着嘴边道歉说："吐您店门口了，我赔偿您些钱吧。"

女孩儿不冷不热道："显摆你有钱呀！"这时我才听出她有东北口音，连忙道歉："穷人一个，和你应该是老乡哈！"

4.

女孩儿要回店取五十元找我钱，我却留了个心眼儿想与她多交流一会儿，便说道："要不钱就甭找了，我能不能再挑些小礼品？"

女孩儿点了点头，说："反正我也睡不着，忙了一天，也想安静地吹吹风。"于是在店门口支了一张小桌子，折耳猫一个箭步跳到桌子上。女孩儿边坐着喝柠檬水，边给猫咪喂吃的。

女孩儿估计也看出来我醉翁之意不在酒，心思压根儿就在她人上，并不在这些礼品上，便对我说："要不坐下来陪我聊聊天。"我闻讯边点头，边拉来一把椅子坐在她旁边。

女孩儿试探性地问："你该不会看上我了吧？"我吓得立马站了起来，连忙解释道："没这个意思，我不是坏人哈！"女孩儿扑哧一笑："瞧你那熊样，出去别说是东北人，真尿！"我尴尬地站着不知所措，女孩儿让我坐下。

我向女孩儿解释，我是个写故事的人，对一些人和事，我会很敏感地留意，然后再创作出一篇故事。我只是单纯对她特别好奇而已，并没有其他的想法。女孩儿很理解我，她并不在意这些，她也并不是那种不谙世事的小女人。那天晚上，我们两人面对面坐着，桌子中间一只折耳猫在惬意地趴着，我们彼此是陌生人，但更像故人一般。

女孩儿是吉林四平人，从小在松嫩平原上长大。故乡在她的印象里，就是夏天坐火车一望无际的绿油油的玉米地。因为她是一名白化病患者，从小就身体虚弱，这种病特别畏惧阳光，所以她从来不参加体育课和户外活动。晚上一般都在太阳落山的时候，她的母亲才会骑着自行车来接她，然后送她去画室。所以她感受到的外边世界，大多都是坐在妈妈的自行车后座，夕阳西下的黄昏，风吹起妈妈的长发扑在她脸上的感觉。

大学之前的生活，她唯一的乐趣就是绘画，她从来不知道和一群小伙伴结伴在外边玩，或嬉闹在河边，或奔跑在玉米地里是一种什么感觉，所以她只能靠绘画去想象和描述她内心的遗憾。

高中是女孩儿对爱情开始懵懂的青春期，她总是坐在教室听同学们八卦，隔壁班的谁和谁在校园墙角，边晒太阳边接吻，被逮着了。

那时她就在自己内心许了一个愿望，如果有一天她找到男朋友，她宁可被太阳晒成皮肤癌，她也要与她爱的男人一起晒太阳，接吻。

关于爱情的想象，在她心中没有比这更浪漫的情景了。

带着这样的心愿，她以优异的成绩考到鲁美，在大四快毕业的时候，她终于交往了一个男朋友，那是她人生第一次恋爱。

她的男朋友有和她一样的爱好，都喜欢梵高的画、海子的诗，他们的精神世界是那么匹配。男朋友很爱她，细致入微地照顾她，因为白化病患者又被称为"月亮孩子"，白天的时候由于畏光，眼睛眯眯着，晚上的时候眼睛能睁得大一些。所以每到晚上，她的男朋友都赞美她的眼睛漂亮，称呼她为"月亮女神"。

不过最终事与愿违，在男朋友带她去见家人时，遭到男方家人的强烈反对，当面就表示不同意他们的感情关系，并勒令她男朋友提分手。

男朋友最终还是输给了他家里人，选择了消失这种残酷的冷暴力方式结束了这场恋爱。

那一年，她不顾疼痛跑到太阳底下大哭，直到晕倒被同学送到医院，差点儿丢了性命。

之后便买了张火车票，在南方的很多城市过着边绘画边流浪的生活。直到到了西塘，向家里和同学借了些钱，开了这家店。

一个渴望爱情与家庭的小女人，最终被现实沦为一个漂泊在外的文艺女青年，可能是一种不幸，也可能是一种幸。

这是女孩儿自己总结的。

5.

时间也不早了，都该各自休息了，临走的时候，我注意店里的墙壁上有两幅名画，我问她价位，想买走留个纪念，便指着墙问道："那两幅画叫什么名字？我就知道是梵高的作品。"

女孩儿点燃一支烟，边吐着烟圈边说道："一幅叫《十五朵向日葵》，另一幅是梵高创作于他自杀当月的，叫《乌鸦群飞的麦田》。"

"上边一抹白色的点点是什么？我没有看到乌鸦呀。"我疑惑地问道。

女孩儿呵呵地笑着解释："原本上面是黑色的乌鸦，我故意全画成白色的。"

我问道："为啥要画白色乌鸦？这有点亵渎名画的嫌疑。"

女孩儿避而不答我的问题，只是反问我一个问题："你觉得这世界有白色乌鸦吗？"

我摸了摸头，有些丈二和尚摸不着头脑，不知道这女孩儿为什么思维跳跃突然问这个问题，便随便答道："很少看《动物世界》，不太了解。"

女孩儿很严肃地回答："有的，但是极少，在日本、印度都有被发现。"我望着她的眼神，不知该回复什么，她接着说，"我曾经看过一条新闻，国外白化病的发病率是六万分之一。你不觉得我就像一只白色乌鸦吗？很稀少但很独特！"

我想了想也很严肃地对她说："你这种比喻很凄美，但我更希望你能继续把自己比作'月亮女神'。"

女孩儿突然哈哈大笑："谁说'白色乌鸦'就不可以是'月亮女神'的代名词呀！"

6.
女孩儿最终还是没有把画卖给我，这是我离开西塘时最大的遗憾。不过在我之后的人生中，每当望着夜空看到一轮明月的时候，我脑海中都会有一个奇怪的想法，此刻会不会有一只白色乌鸦恰好在月光下飞过？

天　堂　雨

1.

这是姥姥给我讲述的故事，发生在20世纪90年代初，是姥姥家的邻村发生的真实故事。在听完姥姥断断续续的叙述后，我用了近两个月将这个故事整理了出来。不是为了渲染悲情，只是想让更多的人了解珍惜亲情。哪怕这种亲情并不是建立在血缘关系之上，哪怕这种亲情的一方是个脑瘫患者，但这并不妨碍我们了解这个故事后，向故事的主角学习如何爱与被爱。

2.

这个脑瘫儿童的姓名不详，就索性叫阳光吧。用这个名字，因为在听完姥姥讲述这个故事后，我觉得他就是阳光，可以温暖别人，也可以照亮自己。

阳光不到一岁的时候，持续地发高烧，口吐白沫不断。他的母亲抱着他看了很多村的大夫，但由于农村医疗水平过低、医生专业能力太差，基本都被告知是癫痫，很容易随时就呼吸暂停。

那会儿农村人都穷，而且姥姥的村子是紧靠内蒙古的辽西地区，干旱贫瘠造就这里的人都很少出过远门。所以但凡哪家有得大病的孩子，基本上就是在家靠当地村里的大夫开些药维持着，维持不住，最坏的结果就是孩子夭折，夫妻俩再要个孩子。

可是阳光的母亲显然并不是那种心甘情愿等着孩子夭折的母亲，她狠心跺了跺脚，在她男人坚决反对的情况下，悄悄带走家里秋收刚卖完粮的钱，带着孩子去省城的大医院看病。可是命运再一次无情地狠狠地扇了这位母亲一记耳光，阳光被确诊为脑瘫，花了些钱给孩子打了一些好药，好歹烧退了、不吐白沫了。

文化程度不高的阳光母亲，很难接受自己的孩子是"脑瘫"的事实，因为他们村虽然不了解这个词儿，但都管这种病叫"二傻子"。她起初还和医生争辩，强调他们村里的大夫说是癫痫，不是脑瘫呀。当专业的医生向阳光母亲解释道，脑瘫会伴有很多并发症，其中就有癫痫，而恰巧她的孩子有癫痫。

这让阳光母亲一下跌入了谷底，她很痛苦，他们村有个"二傻子"一直被同龄小孩儿欺负，忍不住被辱骂嘲笑的痛苦，最后跳井自杀了。

3.

其实很多人对脑瘫儿童的认识与了解是非常片面的，脑瘫儿童并非常规意义上我们所知道的那种智商比较低的"傻子"。脑瘫其实是一种先天性破坏脑神经元的疾病，并且有患病轻重之分，轻者是具备正常人的情感支配的，且这类孩子普遍敏感，内心很容易受到伤害。

带着这种沉重的心情，阳光母亲抱着孩子回到了村里。其实那会儿阳光父亲已经迷上了赌博，家里已经被这个不争气的男人败得差不多了。阳光母亲回到家，前脚刚把孩子放在炕上的被窝里准备烧火做饭，她的男人就气冲冲地从外边赶回家里，进到屋子不管三七二十一就毒打阳光母亲，边打边责问家里的钱哪儿去了，是不是给这个"二傻子"治病了。

这个男人的所作所为、所言所语，极其冷漠残酷，极其令人发指，简直就是个畜生，根本没一点为人夫为人父的爱，更无作为一个人最起码的悲悯之心。其实这个男人家暴媳妇，在村里已经不是什么新闻了，村长三番五次调解过、左邻右舍过来拉架过、女方娘家人也过来揍他，但是基本上无任何意义。

而且阳光母亲是特别老实的那种女人，从来骂不还口、打不还手，但这次她是彻底心寒、彻底愤怒了，她操起炕头的剪子，一下就扎在她男人的天门盖上，只见鲜血喷射而出，她的男人应声倒地，一命呜呼。可怜他们才一岁的孩子，即便不是脑瘫儿童，也因为年龄小，还不能了解他在经历怎样一种悲剧，父亲毒打母亲，母亲杀害了父亲。如果他长大了，病情并非很严重，他能去思考这些问题，他会不会冷笑自己的命运比自己的病要悲哀千倍万倍呢？

4.
但这并不是最悲哀的，阳光母亲拿着带有血迹的剪子走到了院子，披头散发，精神已近崩溃。此时，隔壁邻居发现了凶案现场，一个传一个，整个村子都沸腾了，全部围到了阳光家的大门和两面围墙上。

村长带着几个手下，第一时间赶到了现场。看到阳光母亲跪在地上哭喊，自己会给她男人偿命，现在只想在死之前给她的孩子找个人家，不然自己就是死也得成厉鬼，诅咒这个村子。村民都吓得鸡飞狗跳，不过却没有人敢领养这孩子。

大家更多地把目光投向了村长，觉得在公安机关从镇上赶来村里之前，作为一村之长得拿个态度出来。村长犹豫要不要先答应下来，这时村长后面有个老太太应声来养这孩子，只要她有口饭吃就饿不死这孩子，说话的人正是村长的老伴，一个六十来岁的老太太。

此时大伙儿也听到警车驶入村里的声音，不过还没等警察走到院子里，阳光母亲就拿着剪子往自己脑门上使劲一扎，也自杀了，所以这个凶杀案也基本没什么下文了。阳光被送到镇里条件比较差的福利院，两个月以后，虽然村长不是太愿意，但还是陪着他老伴去福利院领养了这个孩子。

一晃儿就把阳光养到了快十岁，阳光特别懂事听话。他也被两位老人呵护得很好，由于是村长的"孩子"，村里的父母们都叮嘱自己的孩子不准欺负他。但不允许和阳光玩，因为村里人都觉得这孩子晦气，克死自己的父母。

尤其在阳光十岁这一年的时候，村长寿尽离世，可大伙儿还是把问题归咎给一个十岁的脑瘫儿童，都说他又克死了他的大姥爷。这事儿深深地伤害了阳光，他的大姥姥那阵子很痛苦，边忍着悲伤安排老伴后事，边安慰着阳光。其实阳光的大姥姥挺苦的，她老伴没生育能力，所以他们膝下无子。好歹"老来得子"收养了阳光这个可爱的小孙子，买药治病多花些钱都不算啥，一方面承受舆论压力，一方面得经常疏导阳光的心理，已经七旬的老者真的是老泪纵横，快挺不住了。

5.

在这种情况下，大姥姥拿着政府给的家属抚恤金，也是家里所有的钱，带着阳光去市里租了一个房子，并且在市区的火车站卖起了茶叶蛋。之所以选择火车站，一是阳光到了市里特别喜欢人多热闹的地方；二是每当晚上祖孙俩收摊回家，就可以在火车站附近的河床上边吃着烤地瓜，边看着火车驶过大桥。天上的星星特别多、特别亮，他们俩经常晚上数着星星。一直数到阳光困了，七旬的老太太背着十多岁的孙子，步履蹒跚地往租的房子回。

那会儿火车站附近有个音像店，经常放腾格尔的《天堂》这首歌，阳光特别喜欢听。久而久之，他也能跟着哼哼几句。每到晚上，就靠在大姥姥的怀里唱。那会儿阳光总爱磕磕巴巴地问大姥姥妈妈在哪儿。

每每此时，大姥姥就强忍住眼泪不哭出来。虽然现在很辛苦，带着个脑瘫孙子相依为命，风餐露宿地打工，但大姥姥觉得自己是幸福的。反正是半埋黄土的人了，有个孙子陪她相依为命，一生都吃了这么多苦，所以现在面对的苦根本不叫苦，反而是一种踏实、一种甜。真正让她痛苦的是阳光，从还在襁褓就无父无母，还没有生活自理能力，她真怕有一天她离开这个人世，阳光没法活下去了。但她又不忍心在她身子骨还可以的时候去找福利院，因为她不舍得阳光，而且怕福利院里其他的小孩儿欺负他。

所以大姥姥就耐心地和阳光讲，你天天唱的这首歌曲叫《天堂》，等你什么时候把这首歌学会了，妈妈就回来了。阳光似乎很难消化这么长的话，基本和他交流只能说单个字或者两三字的短语，他才会明白。

这十年中，每当大姥姥和他说很长的话，阳光都是很难理解并消化的。大姥姥其实也明白，只是找个倾听者而已，反正阳光也未必听得懂。

但阳光有一次很认真地问大姥姥，天堂在哪儿？

那天正好外边下着大雨，其实在他们生活的那个干旱的地区是很少下雨的。大姥姥就逗阳光说，在雨的最上边，只要天一下雨，就能看到天堂了。

阳光又问，那儿好玩吗？

大姥姥笑着回答，当然好玩呀，就像你唱的那首歌一样。有蓝蓝的天空，有清清的湖水，还有绿绿的草原。

阳光听懂了这些话，至此之后他更加努力地去学习唱《天堂》，并且总望着天空的太阳，皱着眉头磕磕巴巴反复着说"雨"这个字。

6.

那一天，阳光终于盼来雨了。那是在晚上，他和大姥姥正在吃饭，突然外边电闪雷鸣，阳光不顾大姥姥阻拦跑了出去。在雨中不停地唱歌，完完整整地把《天堂》这首歌唱完了，可是他还是没有把妈妈唱来。

阳光浑身湿漉漉地回大屋子中，却看到大姥姥趴在地上一动不动。他不知道大姥姥这是怎么了，怎么拍大姥姥她都没有反应。最后喊累了，他也趴在地上陪大姥姥睡着。直到第二天早晨被邻居发现，第一时间报了警。

大姥姥去世了，后来法医鉴定的结果是脑出血。派出所的警察在调查清楚了阳光的身世经历后，觉得不要让阳光知晓情况，由一位女警察带了一阵子后，把阳光护送到了省城比较好的福利院。

阳光冷静得出奇，并没有任何情绪，非常听从安排。又过了半年以后，警察来看望阳光的进展，他已经适应了福利院的生活。老师组织了一个小型晚会，每个人都要演一个节目，阳光毫不犹豫地要唱《天堂》。其实这首歌是有难度的，虽然阳光唱得音调并不是那么准，但丰富的情感和准确的吐字，让大伙儿都叹为观止，可见当初阳光是下功夫学这首歌的。

一个脑瘫儿童尚且靠自己的努力，挑战一些对他来说很困难事儿，那我们正常人在现实生活中，遇到各种艰辛困苦，又算得了什么呢？又有什么可抱怨的，有什么理由强调自己解决不了呢？

7.

多年以后，阳光还是会唱《天堂》这首歌曲，而且特期盼下雨。有一次，福利院租车前往承德塞罕坝国家森林公园，大伙儿在七星湖游玩的时候，正巧天空下起了蒙蒙小雨。福利院的老师紧急组织福利院的孩子们，返回游玩的大巴车中。阳光却呆呆地望着七星湖唱起了《天堂》，老师站在后边流着泪不敢上前打扰。

阳光唱了一会儿，转身微笑地看着老师。老师问他看到了什么?

阳光说，天堂雨。

像顽皮的小猫

1.

在写这篇文字前，先说句题外话。

看第三季《我是歌手》，最喜欢的歌手就是李荣浩了，他绝对是一个非常有才华的唱作人。被他那首《模特》给迷住了，反复地听，不厌其烦，最喜欢其中一句歌词：像顽皮的小猫。这句歌词看似很平常，但着实有一种很温馨治愈的感觉。正好此篇是关于流浪动物的故事，恰巧主人公就是几只可爱顽皮的小猫咪，所以便用了这句歌词作为文章名。

2.

我个人很喜欢户外爬山，2015年开春，便和几个驴友一起爬了北京西郊的八大处。我们走的是"驴道"，所谓驴道就是指驴友们自己探索出来的路，很崎岖不好走，但是走这样的路特别锻炼身体。

去过北京八大处的朋友们可能知道，在山脚下有一个寺庙，香火还不错，游客还是蛮多的。而所谓真正的爬山，是从寺庙往后山开始的。那儿有一条连绵几座山的路，连接着北京好几处旅游景点。我们此次爬山是准备到八大处的后山，那儿有个水库还不错，可以野餐散步。

我们是在翻过山之后，快走到水库的时候发现了三只可爱的猫咪。猫咪的毛发皱，且特别干瘦，一看就是流浪猫。不过这些猫咪特别亲人，也蛮温驯的，愿意让别人抚摸，一点儿也没有家猫的傲娇。

同行的驴友中有两个姑娘，是那种内心柔软善良的女孩子，一看到猫咪就散发出母爱的芳香烃。她们拿出自己的食物，喂着猫咪，猫咪像刚生下的婴儿狠劲吮吸母亲的乳汁一般，拼命地吃着食物。但是猫咪之间互相不抢食吃，这点其实挺让我意外的。

在喂完猫咪后，驴友中领队的人觉得时间不早了，号召继续前行。两个姑娘只能恋恋不舍地背起背包准备离开。可刚走几步，三只小猫就拼命地在后面跟着。我立马喝住两位女生，叫她们停下不要再走了。因为在我小时候生活的农村，大人们说一定不能让猫跟着，非常不吉利。

于是我和领队协商决定，我和领队以及另外一位男生，每人抱着一只猫咪往前走，看下了山，附近的人家是否有愿意收留流浪猫的。如果没有，现在社交媒体也方便，在新浪微博有专门收养流浪动物的公益机构官方微博负责救助。

于是我们一路带着三位"喵星人"，可谓是路上欢乐多。猫咪呆萌的眼神，把两个女孩子都给萌化了。还没等下山，两个女孩子就准备一人领养一只。

3.

近黄昏的时候，我们从离八大处已经很远的一座山下山。在山下，看到几个穿着公益衫的中年妇女。一经了解才知道，她们是北京一家城市流浪动物公益机构的工作人员。她们通过微博得知这片有些农村人家的房子已经开始拆迁，网友说发现很多流浪猫，所以她们是专门开车过来救助的。

在得知我们捡到三只流浪猫，并且有领养的意向后，她们表示先把猫咪交给她们。因为我们不够专业，不知道猫咪是否携带病菌或者有疾病。她们回去检查下，打了免疫、做了驱虫，把猫咪收拾得干干净净的，再联系我们过来领养岂不更好！

俩女孩子听完之后，大赞这几个公益人士，觉得她们真的是富有爱心又非常专业。于是我们互留了联系方式，身为一个喜欢写作的人，我觉得这是一个特别好的故事素材。于是我又要了这家公益机构的具体地址，因为我想去趟她们的救助站，了解这些有大爱的人。

4.

次周的周末，我带着那两个要领养猫咪的小女孩儿，从东直门坐长途车来到了北京城外的怀柔区。距怀柔城区不远一个村子里，就是救助站的基地，一个四合院，四面都是空旷的菜地，想来是怕影响附近的村民。

还没离近，我们就能听到此起彼伏的犬吠以及猫叫，还能闻到宠物粪便的臭味。但这丝毫没改变两个女孩以及在路上突然决定领养一只猫咪的我的决心。上周接走我们三只猫咪的一个中年妇女给我们开的门，她是这个NGO公益团队联合负责人之一。

映入我和两个女孩儿眼帘的是，一长排笼子，每一个笼子都隔开，像是监狱一般，笼子的范围都很狭小。负责人告诉我们，2008年北京奥运会后，不管城里还是郊区，都在拆迁改造，现在在怀柔的村子里能租个这么大的房子，交通还可以、租价也合理，又不会被举报扰民，已经实属不易了。笼子虽然小，对宠物似乎有些不够人性化，但是没办法，被救助的动物越来越多，很多流浪动物不是样貌不好看，就是身体有残疾，都很难被领养出去。尤其狗，一旦圈养在一起很容打架，小狗容易被大狗咬伤，所以只能做成小笼子养，他们其实每每看到内心都特别不落忍，自己都不知道这么做对流浪动物是好还是不好。

　　而猫咪好些，四合院的房顶建了很大的猫舍，每天都有人上房顶放猫粮，猫咪由于害怕下面的狗，也不下来。而狗狗则抬着头，对着猫咪们汪汪叫。猫咪根本不理会这些愚蠢的狗狗，总是站在房顶上冷静地注视着下面。

　　不过这些猫咪跟人还算是蛮亲近的，尤其是照顾它们的这些人，基本叫它们的名字，猫咪都会很给面子地从房子上下来的，跳到叫它的人怀里。负责人叫来我们那三只猫咪，告诉我们，没有其他疾病，免疫驱虫都做好了，拿回家好好打扮下就是个闪亮的喵星人了。

　　我们三个点头，决定好好养自己的猫咪，负责人给了我们一份领养书，我们填写了详细信息，然后签字按了手印。负责人告诉我们，说实话，中国目前没有一部真正意义上的关于流浪动物的法律法规，所以丢弃与领养基本是不受法律处罚和保护的。他们这些做流浪动物救助的，最怕的就是悲剧中的悲剧。一些动物本来已经救助得很好，且也被热心的领养者领养走，可是由于北京外来人口多，大家基本都租房子，一旦换房子、换城市，造成二次被丢弃成为流浪动物的案例数不胜数。所以现在对领养的审核很严格，还要定期做回访，如果觉得领养人确实照顾不好流浪动物，公益机构有权力收回。

5.

负责人后来也给我讲了她的故事，她是北京本地人，有房有车，老公在银行做高管，她自己则是一家外贸公司的老板，算是不差钱的中产阶级吧。之前偶然看到这个团队收养流浪动物，可是因为缺少资金，而无法扩大救助规模，她被这种大爱感动了，加入了这个团队，并慢慢地通过自己的行动，成为这个团队的主要负责人之一，大家都相信她、支持她。

做这个公益机构快两年了，她已先后自掏腰包花了二十多万了，其中很重要的一笔开支就是救助地房租和流浪动物疾病救治这块。而最令整个团队成员难受的，不是救治动物花了多少钱、费了多少精力，而是大部分流浪动物，流浪久了总吃垃圾堆的食物，携带病菌特别多，死亡率很高。还有些身体残疾的，最后因体力消耗过度死亡。这些都是屡见不鲜的。

就拿收养的这些顽皮小猫来讲，负责人曾目睹几只身体有问题的猫咪，受不了病痛跳到院子旁一棵特别高的杨树上面，然后跳下来自杀的。没人知道它们是怎么爬上去的，后来负责人怕这事儿再发生，就叫人把杨树砍了。在杨树倒下的那一刻，负责人告诉我们，她都蒙了，树皮上全是一道道猫挠的印子。想来那几只自杀的猫咪，是带着怎样沉重的心情与死亡赴约的呀。

6.

因为城市化进展过快，尤其像北上广这种一线城市。每天都有村落拆迁，每天都有拔地而起的钢筋水泥、高楼大厦。城市人口流动大，责任心变成一种冷暴力。

当人们需要宠物的时候，他们会呵护备至。

而当宠物影响到人们现实的一些问题时，抛弃它们就跟恋人分手一般，已经变成一个再平常不过的事儿了，这便是为什么城市的流浪动物那么多。

在北京，有一项调查显示，这座城市已经有近百万的流浪猫。也许你开车不注意的轮胎下面的猫咪，也许你恰巧经过的垃圾堆捡食吃的猫咪，也许在公园广场上特别乐意你去抚摸和挑逗的猫咪，它们都可能是被抛弃的小天使。它们不会说话与表达，它们不会抱怨与愤怒，但是它们在你身边撒娇地喵喵叫着，会不会让你的心为之一震呢？

如果你恰巧又是一个曾抛弃过宠物的主人，你会不会去想一想你的宠物如今在何方了？

是生是死，是流浪还是被救助呢？

你有没有为自己曾经的错误而感到羞愧难当呢?

你又知不知道,仅以北京通州区的运河为例,有多少住在附近的人,一在河边遛弯就会看到几具宠物尸体,并且能闻到一股特别大的腥臭味?

7.

最终在了解这些后,陪我同行的两个女孩子中,有一个刚好也是北京人,具备较好的养宠物的条件,所以最终公益机构决定让她领养两只。而我和另一个女孩儿,公益机构说看看是否能找到更合适的领养者,这样对猫咪对我们都有好处。

还好后来真找到比较合适的人家,对猫咪也很好,所以我们当时户外爬山的驴友们后来聚餐,一提到这件事儿都蛮自豪的,因为我们的随意之举便做了一件有功德的事儿。

如果当初我们没有抱这三只顽皮的小猫走,如果救助的人没有走到山里面,如果没有足够的食物,很有可能现在会是另外一番结局呢。

宠物不是商品,领养代替购买。这是我想呼吁大家可以众善奉行的理念。但养宠物,请一定要善始善终、绝不抛弃,是我想呐喊的一个做人的基本道理。

这不仅是对宠物及社会负责，更是对自己的良心负责。

如果你恰巧家里养了猫咪，不妨边抚摸它，边再听下李荣浩的《模特》，当歌词唱到"像顽皮的小猫，为明天的好奇而睡着"时，你不觉得这种意境蛮美的吗？

因 为 你 是 我 的 眼

1.

这是一个发生在2000年初的故事，主人公是一位抗美援朝的老者。而这个故事是我读高中时，一个丹东老师给我讲的真实故事。据我老师讲，这位老先生是1930年生人，算起来1950年抗美援朝那一年，他刚刚二十岁，算是新中国成立前后第一批新兵蛋子吧。

他是哪儿的人、在哪儿服役，这个后来人已不得而知。但据很多和他打过交道的人都说，文化底蕴很深，肯定是出自知识分子家庭，和当年农村出身当兵的同龄人，谈吐举止完全不一样。

老者是1950年10月末，第一批进朝鲜作战的士兵。那会儿全球气候还没有变暖，10月末的鸭绿江早就封冻成冰了。老者所在的部队，从清川江打到了平壤，又从平壤打到了"三八线"，老人就是在

"三八线"上负伤的，头部被炮弹击中，昏迷几天几夜，虽然后来被转移到后方及时手术，并送回丹东疗养，但成了盲人。

他的太太后来赶到丹东陪伴他，他们夫妻感情特别好，是那种精神上很相近的人，至此他们便定居在了丹东，后来也拿到了国家给的一些补助。由于老者会音乐，当地政府安排他做了一个音乐老师，直到20世纪90年代的时候才退休。而这个老者的传奇故事，远不是前半生这些经历，而是之后的一个行为。

2.

2000年初，老者的太太因糖尿病演变成尿毒症而离开了人世。老者深爱他的老伴儿，老伴儿刚离世那几个月，老者恨不得自己了结了跟着老伴儿一起走。回想从抗美援朝自己的眼睛失明后，五十年如一日，老者的太太就成了他的眼睛，给他黑暗的世界带来光明。那时候，他们最幸福的事儿，便是老者的太太给他做一顿丰盛的晚餐，吃完之后他俩牵着手去鸭绿江江边吹着夜晚的凉风。

老者总会带上自己的陶笛，在江边为老伴儿吹上一曲。因为他觉得自己双目失明，什么都做不了，唯有每天为老伴吹上一曲，才觉得心安理得。在我们爷爷辈的那代人里，大多数男性都是出身农民和工人家庭，偏文艺的男人太少了，所以那会儿老者的太太是鸭绿江边的传奇，后来每每两人来了，都会围绕好多人。想来老者的太太是幸福的，因为有一个对她这样好的男人，可以让旁人羡慕嫉妒，这便是一个女人一生唯一渴望的那么点儿"虚荣心"吧，但这种"虚荣心"是积极的、值得尊敬的。

大众对陶笛这种乐器其实是较为陌生的，因为当我们谈到"笛"的时候，自然想到了我们中国司空见惯的长管"竹笛"或者"玉笛"之类，而有些人更把陶笛和我国一个叫作"埙"的乐器混淆，其实这是两种不同的乐器，但都属于"吹奏乐器"的大范畴内。

老者最喜欢的陶笛演奏者是日本陶笛大师宗次郎，可能小伙伴们对这个名字比较陌生，但我如果说20世纪90年代TVB金庸剧里很多经典的插曲，想必你脑海中有突然有了些旋律吧。

老者最喜欢的宗次郎的《故乡的原风景》《英雄的黎明》两首作品，这两首作品在很多电视剧中被引用，其中最经典的当属1995年古天乐版的《神雕侠侣》了，老者也是那会儿了解的这两首作品。

可以试想下这个画面，一对上了年纪的老夫妻，坐在夜晚的江边紧挨在一起，先生给太太吹着优美的笛声，而夫人给先生擦着额头的汗珠。这可能像很多武侠剧里的桥段，但这真的是一个真实的故事，一对有血有肉的"神雕侠侣"。

3.
可现实中老者可能比杨过还要惨一些，杨过孤等十六年跳下悬崖，却意外找到了小龙女。而在2000年初的时候，老者的太太彻底离开了他。老者很孤独，更多的则是后怕。

年轻的时候在抗美援朝战场上，浴血杀敌、双目失明，他都置身度外、笑看红尘。

这五十年来太太是他的眼睛，更是他活着的理由。可现在太太走了，他觉得自己彻底失明了，再也没有活着的理由。

不过在他的孩子的安慰下，老者又找到活着的勇气。老者的孩子雇了一个保姆，继续伺候老者的生活。

老者要求每晚吃完饭，一定要去鸭绿江边。

不管寒来暑往，不论三伏三九，他每次都要对着江边至少吹一首曲子。

老者说他的太太会听得到的，老者说他们的精神和灵魂早已融为一体，生老病死并不能把他们分开。

老者的故事之后被广为流传，很多在江边常溜达的人都知道，大家也开始对陶笛产生了兴趣。于是丹东的乐器店，陶笛突然变成稀罕物，都不太好买。

那会儿网购还没有流行起来，很多人就通过去沈阳或者大连的朋友，往回带陶笛。老者后来也很愿意教大家吹陶笛，每天吃完晚饭，准时到江边等着前来学吹笛的人。

鸭绿江边最多的一次有小两百人，老者从简单的指法，到乐谱的识读，都尽心尽力地讲解。

试想他是一个盲人，又已经年过七旬，很多事情一旦没有眼睛的帮助，其实是很迟缓并且不容易的，可想而知老者为了教大家付出了多少辛苦。

但老者觉得这一切都是值得的，只要有人想学他就愿意豁出老命来教，其实老者是有个心愿的，就是当他百年后，也有人可以在江边吹一首陶笛曲，他相信他和他太太一定可以在天堂里相拥并听见的。

4.

老人教的学生中，有十来个年轻人是真的非常认真学习，后来都吹得不错。他们和老人一起发起了一个公益组织，定期专门把盲人、老兵、孤寡老人等需要帮助的群体，请到江边来，一起演奏陶笛。

有一次活动，一个学生提出一起吹奏《女儿情》，就是六小龄童版电视剧《西游记》中一首特别经典的插曲，当时大家都积极回应吹这个，老者也欣然应允了。于是一首《女儿情》就这样缓缓吹奏而来，悠扬的陶笛声响彻鸭绿江江边。

那一天吸引了好多人驻足聆听。

当乐曲第二段重复时，老人放下陶笛，张嘴唱了起来：

鸳鸯双栖蝶双飞，满园春色惹人醉。悄悄问圣僧，女儿美不美，女儿美不美。说什么王权富贵，怕什么戒律清规，只愿天长地久，与我意中人儿紧相随。爱恋伊，爱恋伊，愿今生长相随，愿今生长相随。

当老者歌曲唱到最后一句，忍不住掩面哭泣，好多人围着他，安慰着他。

大家都知道老者又想他太太了，都怕他的情绪会影响身体，只见老者擦了擦眼泪，笑着说："我高兴着呢，我老伴儿活着的时候最喜欢唱这首歌曲了。我那会儿总打击她，说她唱得没有我吹得好。

我特别幸福，多活一天就能多在江边给天堂的老伴多吹一首，赚了！"这件事儿之后也被很多人传诵，不过至此之后，就再也没有看到老人。

谁也不知道他在何方，是否安好。

只记得曾经江边的陶笛声，曾经江边一个老人落寞的背影。

5.

在这篇文字即将落笔的时候，我想到了一首歌曲，来自台湾盲人歌手萧煌奇的《你是我的眼》，一首每每听内心都会为之一颤的歌曲，我觉得可以用我很喜欢的一句歌词作为结尾："因为你是我的眼，让我看见这世界就在我眼前。"

我　想　吃　云　和　彩　虹

1.

夕阳照进了医院的病房，阳光打在脸上有些刺眼。我坐在病床上已经发了快一下午的呆，而被我责令不可以说话的母亲，坐在我旁边已经默默地削了快十个苹果了。

削那么多干吗？回家给爸爸和姥姥做饭去！我没有耐心地对母亲吼着。

他们可以买着吃，我陪你说说话，我知道你很难受！母亲安慰着。

不需要，我也不难受，我冷冷道。

不行，我觉得现在状态不对，我得在这儿看着你。母亲强调着。

你怎么这么烦啊！你走！我边吼着边把枕头往地上撇。

好，乖女儿。妈走，妈让你自己静静。母亲捡起地上枕头掸掉灰尘，转身含着泪走出病房。

母亲就这样被我冷漠地赶走了，我突然想到他离开人世前，因为不同意我没做完化疗就提前去九寨沟，我也如今天对母亲这般，对他发脾气大吼着。可谁也没想到世事难料，那竟是我和他最后一次说话，当天晚上他就坚持不住，撒手人寰了，他还没兑现答应我的两个承诺呢，就这样匆匆地先我一步溜到了那个世界！

2.

他大我八岁，所以我管他叫"大哥哥"。因为我是那种性子脾气比较急的女生，所以他不叫我本名，给我起了个外号叫"小辣椒"。我们俩是一个病房的病友，患了一种恶性肿瘤，或许你听过这种肿瘤，叫作"骨癌"。我们俩患的骨癌是相对比较严重的，基本上是回天无望，需要看透生死、乐观活着。虽然我一度笑着对家人说，我想得很开，我不想花钱治疗了，但是父母还是坚持要继续看病，只要多让我活一天，倾其所有也没关系。

所以起初在医院治疗，我是非常抵触的。我真心不怕死，但是我怕没完没了的检查与吃药，更怕的是父母跟着我操劳担心。不过还好，那会儿认识了大哥哥，父母不在的时候，他就给我讲故事听，逗我开心。

他常常喜欢讲一些让我无动于衷的冷笑话，我呆若木鸡地找不到笑点，他却捧腹大笑着跟傻子似的。每次当我吐槽他的笑话不好笑、内容超级无聊的时候，他总会极力反驳，然后冷冷地补一句，你这个没有幽默感的小贱货！反而是这种话，才把我真正地逗乐了。

3.
骨癌这种病最恐怖的就是全身疼痛，如果得了这种病，发现每天都要全身疼痛的时候，那基本上就要做好随时可能会结束生命的心理准备了。我是到了医院住院以后，病情开始每况愈下，疼痛越来越严重、越来越频繁。

而且这种痛经常发生在晚上，每次一痛，我都会哭叫一晚上，白天女汉子的形象顿时被揭露出是装的了。父母会轮班陪我，为了能让他们休息后，后期习惯了其实一直在忍着。可前期的时候，根本挺不住，只要一疼一哭叫，我一晚上睡不着，父母也折腾得睡不着。那会儿大哥哥也愿意陪我，给我继续讲那些low到家的冷笑话，虽然依旧不搞笑，为了让自己分散下注意力，我还是会认真地听，然后很假地附和着笑一笑。

那会儿大哥哥经常会跟我讲，他确诊癌症之后的心理状态，一开始是特别恐惧的，因为毕竟死亡对任何人都是未知的，正因为未知所以谁都不愿意正视死亡，很多时候每个人都在悲伤地逃避。可当大哥哥被确诊骨癌后，每天都在忍受剧烈的疼痛。可是每次疼痛，他都笑着咬牙挺住，因为他不想让他唯一的亲人——他的父亲再过多地担心和难过。

大哥哥是个坚强的人，他从一开始惧怕这种疼痛，到慢慢去适应这种疼痛。很多时候，他突然会觉得自己是幸福的，这种疼痛让他知道他是在真真切切地活着，这种疼痛让他知道剩下的时间不多了，所以他要去认认真真地做自己喜欢做的事儿。而他喜欢的事儿就是吹口琴，并且自己会编曲，常常会把自己编的曲子片段吹给我听。没等我要评价呢，他就特别不要脸地说，吹得是不是很好听，这个曲子牛逼坏了。哦，忘记说了，大哥哥是大连人，那一股海蛎子味，每次说话就像说相声似的，听得我也是醉了！

4.
夕阳即将被无尽的黑夜吞噬，最后一缕微光打在我的脸上，我拿起母亲为我削的苹果。我很饿，但我发现我竟然都没了咬的力气。我用手机放着王筝的《对你说》，那是我最喜欢的一首歌曲，当歌词唱到"我好想替你阻挡风雨和迷惑，让你的天空只看见彩虹，直到有一天，你也变成了我"，霎时眼泪喷涌，所有的情绪在这一瞬间爆发出来，我多么想下一刻就这样死掉，然后去那个世界找大哥哥。连我自己也说不清，我对他到底是一种什么情感，我们做病友前后不到俩月。是妹妹对哥哥的依赖，还是少女对成熟大叔的好奇，抑或是同是笑对死神的搭档？

大哥哥走得太突然了，让我始料未及，我知道我们的命运最后终将走到这一刻，可却没想到来得这么快、这么急。直到大哥哥离世，他依旧没有兑现他答应我的两个承诺。

第一个承诺是，大哥哥说要带我去九寨沟玩呢！

他说他特别喜欢四川的九寨沟，上大学那会儿就想去，但那会儿家穷，母亲重病，他的父亲既要挣母亲的药钱，还要给他凑大学的学费。不过大哥哥还算努力，在学校每年都能争取到奖学金。他那会儿就有同学去了九寨沟，说那里可美了，有山有水、有新鲜的空气，更有雨后美丽的云和彩虹。本来等到工作几年后，把家里当时欠的一些外债都还上，可以拿着自己的钱找时间去玩了，没想到就检查出得了骨癌。

后来大哥哥在医院，我们俩在花园长椅上坐着。他对我说，等他身体好些了，第一个愿望就是买机票飞到四川去。我那会儿毕竟是刚入大学的学生，父母也是普通职工，所以从小到大在北方长大，也没出过远门。我就和大哥哥说，那等我也好些，你请客带上我呗。大哥哥摸着我的头，对我笑着说，好呀！这都不是事儿！那种笑容特别迷人，会让我这颗少女心怦然而动，会让我觉得下一秒钟马上死掉我也知足了。

然后我高兴地挽着他的胳膊说，去了那里之后，我想吃云和彩虹，我想把所有的美好都吃掉，没准就不会再受病痛的折磨了。说罢，滴下了眼泪，大哥哥见状拿纸巾帮我擦着，继续毫无特色地重复，那都不是事儿！看来这位大叔是真的不懂说些俏皮话安慰一个少女呀，不过这么坚持自己的口头禅，想想也是蛮拼的！可惜这不是事儿的"事儿"，最后还是没有做到。

第二个承诺是，大哥哥说要教我吹口琴。

大哥哥吹口琴吹得很好，他知道我喜欢王筝的《对你说》。每当我在医院不开心，或者晚上骨头开始剧烈疼痛的时候，他都会拿着口琴默默地坐在我的病床边，给我吹上一首。有时候晚上吹，经常会被隔壁病房投诉扰民，他还是坚持吹完。我喜欢他边吹我边哼哼，我觉得那是我人生中最美妙的时光。

他一直说要教我学口琴，可两人的病情都越来越严重，天天都要做检查、打点滴，所以他一直都没腾出时间来教我吹。大哥哥生前最后一次化疗，我非常担心和害怕，我说要给他录一段吹《对你说》口琴曲的视频，留个纪念，他一直是拒绝的，他说他一定没事的，九九八十一难都过去了，还怕这一哆嗦？我想来觉得也是，自己实在是太乌鸦嘴，大哥哥明明现在还好端端地站在我的面前，我干吗要说这些不吉利的话？可没想到后来我的不吉利的话应验了，我一度特别恨自己。

现在每每拿起大哥哥生前用的口琴，放在嘴上连一个调都吹不出来，就只好咬着口琴大哭着流泪。

5.

我就这样躺在病床上昏睡过去，等醒来的时候已经是第二天中午，手机还在放着王筝的《对你说》。

母亲这时打来电话，问我是否在医院食堂吃了午饭，需要不需要给我送饭。我谎称吃过了，叫她晚上来送。而接下来，我就用我之前攒下来的钱，买了去四川的机票，收拾了几件衣服，坐了当天晚上的飞机就跑到四川。

在我从成都转车去九寨沟的时候，母亲给我打了电话，得知我一个人跑到四川，先是生气地训斥了我，然后是耐心安慰着我，叫我多注意身体，玩完就回来。电话挂了之后，母亲就发来一条微信，我以为又是那种千叮咛万嘱咐的话之类，也没太在意，没打开手机看一眼。直到晚上才看一眼，发现是一个视频网站链接，母亲让我看一下。我点开后，霎时控制不住的眼泪流了出来，是大哥哥生前录的一段视频。

6.

他说他当初先我一步来的医院，当时就已经确诊活不过半年。他一度很绝望，一度放心不下自己的父亲。那阵子他每天都不是特别开心，直到我到医院后他觉得医院的生活有了许多色彩。

他是个性格比较内向的人，他身边的朋友其实都不知道他会吹口琴，所以也就没人欣赏并称赞他的口琴吹得好，所以我是他第一个也是唯一一个听众。

他说，很多个夜晚当我骨头疼的时候，他给我上吹上一段，我对他坚强地笑着，他特别特别欣慰。他希望我这样笑着，永远都能笑着，可惜他看不见。他向我真诚地道歉，不带我去九寨沟玩，不光是因为他觉得我应该把化疗做完，更是因为他知道自己时日无多了，他不想他的离开让我悲伤，更让我对着失去了希望。

最后他为我吹了王筝的《对你说》，看着手机视频里的他，他边吹着，我边哼哼着：你睡着了手掌紧握，脸颊上有浅浅酒窝，在这一刻我看着你，好多话想说给你听。

就这样我拿着手机边唱边哭、边哭边唱。

第二天我在九寨沟旅行的时候，碰巧这里下了很大的阵雨。

雨后的空气格外清爽，天空真的出现了好看的云和彩虹。

我拍了一张照片，发了一条朋友圈，配的文字是：我想吃云和彩虹，我等到风雨过后！

让 你 喜 欢 这 世 界

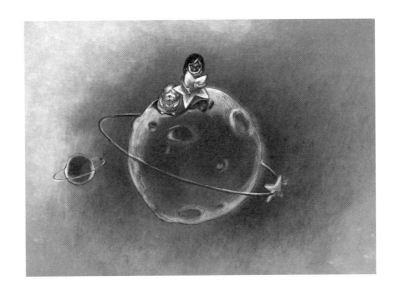

1.

两年后，因为工作单位派我从沈阳去北京交流学习一个月，我终于有机会在百忙中有时间来北京看我的两个小宝贝：小雨与蜜瓜。一个是已经十二岁的自闭症小女孩儿，一个是已经满十八岁的却依旧非常乖的蜜瓜。

两年前来北京工作过半年，在通州的一家自闭症康复中心有缘认识了两个特别可爱的孩子：小雨和蜜瓜。小雨是一个自闭症小女孩儿，今年已经十二岁了。而蜜瓜是个先天性弱智儿童，如今已经马上要到成人礼了。

两年前我和这两个孩子发生了一段感人的故事，我当时把我们的故事写了两篇文章，一篇名为《掌心向外》，另一篇名为《蜜瓜》。这两篇文章发布到网络上，在好长一段时间内成为特别火的文章。很多人评价这两篇文章非常感人，非常正能量，甚至有很多人在问我这是不是真实的故事。其实这些都无关紧要，我写这两篇文章的初衷是，关注自闭症儿童以及学会珍惜身边的亲情。亲情有时也是奢侈的，来之不易的。

其实这两篇故事没什么特别复杂的剧情，小雨的妈妈很渴望小雨到康复中心上学后，离开的时候，小雨能像正常的小朋友"掌心向外"对她摆手再见。在康复中心的专业老师告诉我，自闭症儿童的脑神经元是破碎的，你要把自闭症儿童当成镜子，要用他们理解的语言教他们。

比如，你要教自闭症儿童"掌心向外"的动作，那你自己在摆手的时候就要"掌心向内"。这样自闭症儿童看见你的手背，从而想看自己的手背，才会心甘情愿地掌心向外。就这样，在专业的老师帮助下，我和蜜瓜开始不厌其烦地教小雨，整整教了三个月，才见了效果，我特别欣慰和高兴，我想这会成为我一生的骄傲之一的。

2.

从北京火车站下车上了地铁，去通州的路上，脑海里一直脑补和蜜瓜、小雨见面的场景。他们会不会都把我忘了？一想到这个问题，我的内心就突然好伤感好伤感，不过幸运的是，其实并没有。

蜜瓜一点儿都没变，还是那么没出息，捧着哈密瓜坐在康复中心的门口啃着。边啃着边笑着自言自语，傻头傻脑的可爱样儿看得我也是醉了。待我走近，并没有和蜜瓜直接打招呼，而是蹲下来与蜜瓜的视线平行。起初蜜瓜沉浸在哈密瓜中，丝毫没有发现旁边有人。待我咳嗽一声，他把他的视线从哈密瓜上移走，与我四目相视。

就那么一秒钟，蜜瓜突然撇掉手里的哈密瓜，上前死死地抱住我，然后就大哭不止，边哭边反复道："蜜瓜，蜜瓜。"他从小到大只会说这两个字，但每次他都很聪明地用不同的语气说这两个字。我与蜜瓜在一起半年，我知道他此刻想表达的是：姐姐，我是蜜瓜，我没有忘记你，你还记得我吗？我见蜜瓜哭，自己也泪奔了，不停地抚摸蜜瓜的脑袋说："乖，不哭，姐姐一直都很想你。"

在康复中心老师的介入下，蜜瓜才渐渐稳定情绪，挽着我的胳膊，和我一起走进了康复中心，我们俩在我们曾经熟悉的地方相玩甚欢，一直玩到下班点。等小雨妈妈带小雨来见我，说实话，在我心里见小雨的心情比蜜瓜还要迫不及待。我这两年经常做梦梦见小雨，我不知道小雨现在是否比以前开朗了，我也不知道小雨妈妈是不是比之前更乐观了。

带着这样的心情，与蜜瓜玩到了太阳落山，小雨妈妈牵着小雨，就这样在夕阳的余晖中，出现在了我的眼前。

3.
与我预料的差不多，小雨见到我基本上是没什么表情的，与两年前陪她在康复中心一样，进了门就喜欢自己找个墙角坐着，然后玩着自己的手，所谓"玩"就是双手互相摩擦个不停，双眼死死地盯着双手，这是自闭症儿童非常常见的习惯。

情绪比较激动的反而是小雨妈妈，她刚见到我，就一把把我抱在怀里，哭得泣不成声，不停地说："两年前真的很感谢你，真的真的非常感谢你。"我被小雨妈妈弄得也控制不住地哭了起来，最后还是蜜瓜拽着我们二人的衣角，龇牙咧嘴地笑着才让我们也破涕为笑。

蜜瓜去找小雨玩了，场景似乎和两年前差不多，小雨依旧高冷沉默，自己一人玩着。而蜜瓜则"死皮赖脸"地去接近这位小女神，低下头不断用自己的脸蛋摩擦小雨的胳膊，口水浸湿了小雨的衣袖，小雨妈妈在不远处看着这俩活宝，开心地哈哈大笑。

这让我特别欣慰，因为两年前的小雨妈妈并不这样，比较压抑，每天都在着急上火地寻医问药，想把自闭症"这种病"治好。而现在小雨妈妈可以坦然地面对这一切，自闭症不是病，或者也不需要医治。去接受所不能接受的，才能改变所不能改变的。

正如《庄子》里的一句话"子非鱼，安知鱼之乐"一样，我们正常人看待自闭症儿童，觉得他们很孤独，他们活在自己的世界中，一定非常孤独和不开心。但事实相反，就我国目前的社会压力，学生的升学与就业压力、成人的住房与养家压力，我们何尝又不孤独、不伤心呢？所以自闭症儿童能活在自己的世界里，像一颗外来陨石一般，永远保留那一份纯净，不也挺好的吗？

你要知道，这世界所谓的完美，本身就是要靠众生的不完美所拼凑的。

4.

第二天的时候，我和小雨妈妈带着两个宝贝去了趟北京野生动物园。进了动物园，蜜瓜就像孙悟空派来巡山的小猴子，活蹦乱跳、兴奋不已，看什么动物都觉得特别新鲜。小雨却没有逛动物园的心情，一直被妈妈牵着手沉默地走着。

从昨天到现在，小雨基本上跟我是没什么互动的，这让我很是伤心。小雨妈妈似乎看出来我心情不是太好，微笑地拍着我的肩膀，把小雨的手递给我，让我来牵着她逛。当然这对于小雨是无所谓的，她只是一直低着头，像个思考者，只是我不知她在思考什么。

就这样索然无味地逛完了动物园，没发生什么有趣的故事，小雨变得更加沉默。记得两年前第一次见我，还会用头对我进行无意识攻击，现在这个"爱好"都免了，我非常难受，真的把我忘了吗？虽然我内心知道让自闭症儿童记住你，本来就已经是件非常难的事儿了。

在我内心，多么希望小雨能"开朗"起来，哪怕像当年学会"掌心向外"的动作，每天对自己的母亲摆一摆手也好。可是现实是残酷的，现实中从来渲染不了美好的未来，有些事儿最好的状态其实就是不要再糟糕下去。

　　一个月的时间过得很快，小雨依旧对我很冷淡，虽然每天晚上小雨妈妈带着小雨，叫上我和蜜瓜去家里吃饭。令我欣慰的是，蜜瓜越来越腻我了，一刻都不愿意离开我。可是在我心里最大的遗憾，还是小雨，我多么想在走之前，小雨能与我相拥，或笑或哭泣。

5.

　　在离开北京的最后一天，我已经不抱有和小雨能发生点儿什么不一样的记忆的愿望了。但恰恰上天就是这么喜欢开玩笑，学校竟然安排了一场文艺会演，而且康复中心的负责人说，整个活动的道具等费用，都是小雨妈妈赞助的，她为了感谢两年前我为她做的事儿，她也愿意为我制造个永久的回忆。

　　我非常感动，坐在台下异常激动。虽然说是文艺会演，但其实就是一个节目——五个培训老师和包括小雨在内的十个自闭症儿童的团体表演。只听舞台上响起了我最熟悉的旋律，张悬的《宝贝》，记得那会儿教小雨摆手，我就最喜欢放这首歌曲了。

　　伴随着音乐《宝贝》——"我的宝贝宝贝，给你一点甜甜，让你今夜都好眠。我的小鬼小鬼，逗逗你的眉眼，让你喜欢这世界。哇啦啦啦啦啦我的宝贝，倦的时候有个人陪。哎呀呀呀呀呀呀我的宝贝，要你知道你最美"——每个老师左右手各牵着一个自闭症儿童，在舞台上面向观众一字排开站好。

然后培训老师走到了自闭症儿童的面前，将自己的右手抬起，掌心向内对着自己摆手。当孩子看到教师的动作后，慢慢也抬起右手，掌心向外地摆着手。这时老师全部撤到舞台一角，舞台只留下十个自闭症儿童，在微笑着摆着手。他们仿佛是天上的星星雨，是那么纯净、那么美妙。并且这其中还有小雨，我欣慰地望着小雨，眼泪止不住地往下流。台下的领导和学生家长，控制不住地开始哭了起来。只有蜜瓜吃得满嘴果肉，在开心地笑着。我不知道哪来的勇气站了起来，对领导和学生家长们说："对，我们不哭，我们要学蜜瓜。无论何时都要微笑着坚强，我们要给台上的孩子最好的爱与关怀。"

6.

我在北京的交流学习结束了，要回沈阳了，我拒绝康复中心的负责人和小雨妈妈要送我的请求，我还是选择一个人走，我怕道别的时候我会哭得不知所措。我心里笃定地认为，只要没有道别，就终有相逢之日。

奔驰的火车，呼啸着一路开向远方。车窗外是广阔的玉米地，在玉米地的上空，蓝蓝的天边浮现出小雨、蜜瓜微笑的小脸蛋儿，以及自闭症辅导中心每个人快乐的笑颜。我戴上耳机，用手机循环播放张悬的《宝贝》，最喜欢里面的一句歌词是，让你喜欢这世界。

谈一谈让我们

喜欢这世界的小江

用文字让你依旧喜欢这世界

新浪读书对话小江

编 | 者 | 按

作家、新浪读书编辑　李唐

　　青年作家小江第一本图书著作《我在流光里枕着你的声音》，2015年夏天出版上市，一经上市变受到读者的青睐，广受好评。其中便收录了一篇人气极高的短篇作品《掌心向外》，是一个讲述一位平凡母亲和她的自闭症女儿的故事，感人至深、潜然泪下。

　　这篇作品被签约影视版权，目前正在与影视制作公司做进一步接洽，也许未来某天你将在影院里以三维影像的方式继续欣赏这个故事。因缘这篇文字，作者在其好友和母亲的建议，决定调研资料，写了他人生中第二本书《让你喜欢这世界》。描绘了当下中国社会很多特殊弱势群体，用温情的故事让你我去关爱他们，用真实的文字让你依旧喜欢这世界。

新浪读书：出版《我在流光里枕着你的声音》后，有继续开始写新作吗？

小江：新作其实一直都在写，反而《我在流光里枕着你的声音》这本书里文字都是对前些年写过作品的梳理和集结。

新浪读书：那快向我们介绍下新书吧！比如，书名叫什么？是关于哪方面的？

小江：暂定名《让你喜欢这世界》，一本关注当下特殊弱势群体的短篇故事集，一口气写了二十多个群体。

新浪读书：这本书签约了吗？

小江：签约了，一家优秀的品牌出版社——作家出版社。

新浪读书：是怎样和出版社合作的，讲讲幕后合作的故事。

小江：我的新书有两位责编，都是非常有经验且性格超级好的女生。其中一个是在出版行业微信群里认识的，我给她投稿，她看完之后对我赞赏有加。又带着另一位责编约我见面，当时稿子还没有全部完稿，她们俩给了我很多想法，在多次交流后，我觉得很志趣相投，就正式达成合作了。

新浪读书：为什么会想到写这样一本书？

小江：是因为最早写过一篇关于自闭症儿童的短篇作品《掌心向外》后，受到很多人关注。我也开始积极参加一个公益组织，接触到很多各类特殊群体。所以想把这些群体写进这本书里，也是在朋友的强烈建议、我母亲的催促支持下，从2015年开春写到秋末，才有现在这本书。

新浪读书：你觉得这本书对社会，或者对你有什么意义？

小江：这个很难说，其实当初写这本书也没什么高大上的情怀。只是因为发现了这个小世界，想写些这类小世界的故事。如果真的要给这本书赋予意义，社会意义当然是人间充满越多的正能量越好，更多的人去关注帮助我们身边这些特殊弱势群体。至于自己的意义，既然决定写这样一本书，就认认真真去写，而且要有个原则，不想故意渲染情绪，保证独立客观的角度。我们常说关怀，其实尊重也很重要，这些特殊弱势群体比我们活得乐观积极。

新浪读书：你刚才提到了"情怀"，你觉得作家的情怀该如何？

小江：尽量独立客观吧，但又不缺乏率真生猛。其实客观这事儿是挺难的，但尽量别局限于自己的小世界观里看待问题。这世界上大多数的人，无论性格还是人生观都与自己有别，你可以做自己，但也要学他人。

新浪读书：综上所述，觉得你的新书并非是一本奔着畅销而去的图书，你觉得呢？

小江：畅销不畅销，其实也是有个标准。我认为一个好的作家，把你本应该有的读者群体调动起来，那它也是算畅销书。中国十三亿人口，所谓市场畅销书，也不过百万余册。按这个比例，所谓"畅销书"三个字是不存在的。我们总在抱怨中国人不读书，可是中国人基本都会读文字，重要的是以书为载体的文字，有什么要人家读者掏钱购买的理由。

新浪读书：用一句话介绍下你人生中第二本书吧。

小江：让你喜欢这世界，只愿你能笑哈哈！

传递那些
世界里的声音

〔脉冲书志〕

APP专访青年作家小江

编 | 者 | 按

作家、脉冲书志App执行主编　顾倾城

　　小江第二本书《让你喜欢这世界》付梓出版在即，与之相识多年，深觉路漫修远，道阻且长。其实身边这样一群可爱的朋友，都是执着于理想不肯低头的人，就像对待写作，就像对待北京。

　　我想，每一个在北京漂着的年轻人，必定是不肯轻易辜负青春的，在北漂群体的眼中，这座城市值得托付理想与年轻。读过小江写的一些短篇故事，沉稳实在，有乡里土气的市井百态，更多的是社会基层人群的坎坷经历与命运走向。

　　我喜欢聆听春花秋落、万物生长的寂静之声，热衷触摸生命里那些苍劲有力、野蛮生长的活力纹脉，期待与这个世界的每一种有形无形的生命对话。当然了，与朋友的聊天唠嗑儿也是件有意思的事情，也许我们的未来，或是你想听到的、看到的故事，就在其中。

脉冲书志App：有人说，这世界没有无源的爱。你对特殊群体的爱是来自哪里？往何处去？

小江：因缘巧合，和这些群体相识相交，我觉得他们很有故事。而且他们这些群体里，包括孩子，对人生、对这个世界的认知要比我们这些普通大众还要深。他们很乐观，积极地热爱生活，我们常说关爱他们，其实有时我们需要他们的正能量关怀我们浮躁的内心。

脉冲书志App：记得你的第一部作品出版时，"暖"这个标签让人印象深刻。你觉得特殊群体的故事"暖"在哪里？

小江：我觉得还是他们的积极乐观，尤其那种有人愿意陪他们说话，给予他们的帮助，他们就会很感动得回以灿烂的微笑，会温暖心情，特别踏实，特别安静的"暖"。

脉冲书志App：如何看待市场上"暖心""暖系""暖男"等一系列的文化现象？

小江：近年来，暖心类短故事确实是图书市场一个定心丸，基本这类书都会有一个很稳定的销量，其中男作者居多，这其中又主要分为暖男小鲜肉和暖男大叔两种。我觉得这种现象，有利有弊。好处在，发现更多的年轻人还是喜欢看书，只是喜欢看这类轻松简单的文字，给这个不太景气的图书市场多加几分色彩。弊处是许多出版商追求经济效益、很多作者急功近利，造成这类书大规模涌入图书市场，一方面给读者带来选书的困扰和审美疲劳，另一方面也让纯文学图书被更加冷落。

脉冲书志App：讲讲你自己亲身经历的一个有关特殊群体的故事。

小江：2015年初，我去通州一家公益机构做了一天义工，接触到很多脑瘫儿童，并且大部分还是被遗弃的孤儿。一家基金会在扶植这家公益机构，支付所有孩子和机构相关负责人的吃住。不过这些负责人的工资几乎是很少的，有的时候为了提高孩子们的零食质量，几个负责人还不得不凑钱购买。而其中有两个男性负责人，据我了解，都是非京籍，经济条件都不算太好，老婆带着孩子在老家读书。每年孩子缴学杂费前两个月，这两个男性负责人都要等晚上孩子们睡着了，去附近的KTV当服务员赚些外快，非常不容易。

脉冲书志App：在你看来，特殊群体他们最需要的是什么？做公益最重要的品质是什么？

小江：正视！这个词儿是我思考很久得出的，这个词儿首先要建在关注、关爱、尊重之后。我所理解的正视是，于国家，出台更完善的法规法律和优惠政策，提高这些特殊群体的特殊待遇。比如，未成年可以享受到与普通孩子一样的义务教育，成人可以享受和普通大众一样的就业机会。对于丧失劳动力的特殊群体，建立个完善的救助办法。普通大众应该给予更多的理解，民营公司应该每年拿出固定名额，对特殊群体进行社会招聘。

而做公益最大的品质，就是先守住自己的良心。公益不是形式和活动，公益是一种内在修养，一颗对生命的敬畏的心，为特殊弱势群体，力所能及做自己能做的，这便是公益。

脉冲书志App：公益需要慈爱仁善之心，也需要行动和物质支撑。针对网上流行的"点赞""点蜡烛"之类的爱心之举，你怎么看？你是否相信柔软改变中国？

小江：对此我是表示支持的，虽然每每有此类现象，网民的情绪都比较激动，说中国人就会事后诸葛亮，就会弄这些假大空的场面事儿。可我认为不尽然，在一定程度上，哪怕就是口号之举，我觉得都还是值得称赞的。如果一个关于特殊弱势群体的事情发生了，一个国度的人都觉得没什么，没有人去关心、去祈福，那我会觉得这是个没有希望国度了。我相信，柔软改变中国，个人新书里面的各篇文章基本也是围绕这个观点展开的。

脉冲书志App：未来有没有可能投身关爱特殊群体的公益慈善事业中去？

小江：慈善事业，暂时不会，那与公益不是一码事，需要一定的影响力和经济实力，但是我会去做公益，尽我所能。一个人的爱心和社会责任感不应该只是说说而已，而是去脚踏实地做一些事情。不过于当下中国，我希望大家不是在网络上做卫道士，而是发现你身边活在"小世界"里的人们，去了解他们，去做一点点你能做到的，就够了。

脉冲书志App：访谈尾声，想通过我们的平台和你的作品，传递给这个世界怎样的声音？

小江：想传递新书书名这句话，让你喜欢这世界。虽然每天在新闻里，能发现这个世界的千疮百孔，但我们身边有家人、朋友爱着我们，所以我们应该觉得这世界是美好的。少一些抱怨，多一些努力，这一点我们没有那些特殊弱势群体里的人做得好。

静静淌在
血里的牵挂

1.

夕阳的余晖打在母亲的脸上，她的眼睛泛红，滚动着泪珠，却故作坚强望着我俩对面的太子河。那是流经我的家乡溪城的母亲河，从我七岁得病到今年十五岁刚中考结束，母亲经常会带着我来这儿遛弯。母亲每次都说，一定都会好起来，你的血液也一定会像这河流一般奔腾起来的！

2.

我七岁那年，父亲从外边买回了一只鸭子，拿回家独自在阳台用菜刀沿着脖子一刀下去，就看鸭子扑腾扑腾几下就断气呜呼了。父亲找来一个大茶缸，两手狠劲地把鸭子的血挤进茶缸里面。

我觉得好残忍，吓得大叫了一声，父亲发现后连忙把我锁在屋子里，任我怎么踹踢着门都不应我。等父亲开门的时候，拿着一茶缸的鸭血叫我喝下去，我不从，我说不想因为我的病杀生。父亲安慰着说："都为了给你治病，就喝这一次。"结果就在这"就喝这一次"中，一喝就是四五年，鸭子杀了不少，可病情其实并没什么好转。

我对这些鸭子是心生愧疚的，每每父亲杀完鸭子，我都会把阳台上的羽毛捡起来，到楼后小树林埋进去，然后念着阿弥陀佛。我奶奶信佛，所以从小耳濡目染，我也会点佛教拜祭的事儿。而我至此也知道，每次父亲把我反锁在屋子里，都是一只鸭子生命结束的时候。有时候，我觉得自己是个杀戮者，我好怕如果真有投胎转世，我会不会投胎成鸭子，然后接受相同的命运。我只求老天爷不要怪父亲，一切都是我的罪孽。

3.

也是从那一年起，我的骨头开始了剧烈的疼痛。每次我疼得嗷嗷叫的时候，母亲都紧紧抱着我，然后给我揉着胳膊和大腿，安慰着说："乖，妈妈揉揉就不疼啦！"父亲这时就把鸭血汤拿过来，称喝完绝对不疼了，其实我喝完鸭血，该怎样疼还怎样疼，可是我怕父母担心，我就骗他们说不疼。

母亲每次抱着我的时候，都会捏着我的鼻子问："要不要给妈妈唱首《天之大》，妈妈最喜欢你唱这首歌曲啦。"然后我点了点头，认真地唱了起来，我全身的骨头都很疼，可坚强地不想让母亲看到，因为我知道她的心比我还疼。

《天之大》是毛阿敏的一首歌曲，母亲是毛阿敏的铁杆粉丝，《天之大》是一首歌颂母爱的歌，也是母亲最喜欢的一首歌。每次当我唱开头，"妈妈，月光之下，静静地，我想你了，静静淌在血里的牵挂。妈妈，你的怀抱，我一生爱的襁褓，有你晒过衣服的味道"，她都会听得特别入迷，然后号啕大哭起来。

每次父亲都会训斥母亲："说过多少次，不要当孩子面哭，咱家孩子肯定能治好。"

4.

整个小学我都没上过体育课和课间操，学校老师把我当成重点保护对象，可我却一直很压抑，我觉得这不公平，为什么我每天都要过着被别人保护的生活。可是没办法，我经常发烧，烧得昏天黑地，几天几夜不省人事。父母为我忙得焦头烂额、以泪洗面，我却只能无能地看着他们，不知如何是好。

我也经常鼻子流血，同学们都怕我，老师告诉他们不要欺负我，我一流血就会休克，出了问题他们家长是要负责的。这让我情绪非常低落，我很孤独，没有小伙伴们愿意陪我玩。学校对我来说也很陌生，每次严重犯病，就得很长时间在家待着，或者在学校待着。经常打点滴，手都打肿了，打到最后都找不到血管在哪里。我太痛苦了，这种痛苦不仅仅是身体上的，更是精神上的。

初二的那年冬天，一天放学回家，母亲没有像以往在厨房做好饭叫我吃饭，而是和父亲在屋子里谈论着什么，屋子门是半掩着的。我静悄悄地脱鞋，小声地走到屋子的门口，侧耳聆听他们在说些什么。

这一听我才知道一个惊人的秘密，原来自我得病到现在，家里已经花了好多钱，外边还欠着十多万。我那时不知道，2000年初对于一个三线城市的普通工人家庭，这个数字意味着什么，现在看来这就是一个遥遥无期能还清的天文数字嘛！

母亲以泪洗面，拽着父亲的脖领，哭着问该怎么办，她不想失去这唯一的儿子。父亲默不作声，我想父亲已经心力交瘁了，一个再坚强的男人也有他扛不住的压力，父亲其实为我、为这个家庭做了这么多，已经很仁至义尽了。

那一天，我发现我长大了。我没让父母知道我听到这些，悄悄地穿鞋出门下楼，二十分钟后又乐乐呵呵地上楼拍门，装作若无其事，但是我心里已暗下决心，不能再这么拖累父母了。

5.
我写了一封遗书，然后准备找个荒郊野岭饿死算了。可是最终还是没有如愿，我被父母找到了，当然这和我的懦弱、惧怕死亡有关。母亲紧紧抱着我，歇斯底里地哭着，她要我不要想太多，一切都会好的。如果真的为她着想，就好好学，我们那小城市出不来几个考上好大学的孩子，我给她争一口气给大伙儿看看。

所以从那以后，我便开始刻苦学习，我坚定地认为，只有考上了好大学，才能赚钱，才能转变现在的生活局面，才能让母亲快乐幸福。不过就在高考结束，还没等填报志愿，我就被无情的病魔坑到了医院，医生也在此告诉我一个事实，我已经严重到得做骨髓移植或者化疗的地步。

但因为找不到合适的骨髓配型，医生又告知，脐带血移植操作性不高。所以最终决定，选择了我最怕的化疗。因为在医院待了一阵子，我也对化疗有了一个大概的了解。

6.
从化疗室走出的那一刻，我对母亲说，我想看看自己现在的样子。母亲转移话题，不接我的话，我偷着看到回病房的路上，她把她心爱的小梳妆镜丢掉了。在那天晚上，母亲大概这阵子照顾我太累了，胳膊挂在我的病床前，睡得很香。

我趁她酣睡之际，一个人偷偷地溜到了洗手间，在洗手间的镜子前，我看到了自己。面容憔悴，光头锃亮，我对着镜子呜呜地哭着。

就在我哭着的时候，我听到母亲在病房里歇斯底里地大喊了一声。我急忙赶回病房，发现母亲的手机在地上，母亲就这样呆若木鸡地坐着。医院的医生和护士也赶到了，母亲看见我进病房，一把抱住我，反复道："他还小，不要让他知道。"

但事实上，最后我还是知道了，父亲去世了。就在我做化疗的那一天，父亲为了多赚点钱，就兼职帮邻居开大货车送货，出了车祸离开了人世。连续几天，我一个人被医生看在医院，不得出去。母亲暂时离开，去料理父亲的后事。

当我再一次见到母亲，是在父亲的葬礼上。我没有见到父亲最后一面，只有一个棺材在那儿。母亲歇斯底里地哭着，而我却哭不出来，我觉得我是颗灾星，从小就害死了那么多鸭子，没想到现在又害死了父亲。

想到这儿，我也不知道哪来的勇气，脑门径直地撞向了父亲的棺材，血流了下来，模糊了眼睛，我什么也看不见。再一次睁眼已是几天后，我躺在病床上，全家人都围着我微笑。母亲对我讲：不要自责，父亲的离开和你没关系。母亲一直没告诉我，原来父亲一直都有心梗的老毛病，那天是因为心梗犯了才造成车祸的。

7.

太子河在夕阳中，缓缓地流淌着。我依偎在母亲的怀里，我们俩就这样安静地望着河水。母亲告诉我，其实父亲也很喜欢《天之大》这首歌，对着河唱几句吧！我点了点头唱了起来："天之大，唯有你的爱是完美无瑕。天之涯，记得你用心传话。天之大，唯有你的爱我交给了他，让他的笑像极了妈妈。"

我流着泪问母亲："父亲能听到吗？"

母亲摸了摸我的头，说："能的，因为我们的爱。"

天　使　的　蓝　色　之　吻

1.

　　"人必须是红嘴唇吗？我觉得蓝嘴唇也很性感、很美丽、很动人。你说呢？"苏枚望着我，她眼神是那么毅然而又笃定！

　　在现实世界里，你可能见过有人是蓝嘴唇，也可能没见过。如果你见过，不必感到惊讶，你要知道有些人生下来就得到了天使的蓝色之吻。如果你没见过，也不必感到好奇，这世界太大，总有些人需要带着足够的勇气以另一种美感存活于世。

　　所谓的"蓝嘴唇"，其实是一种病，它是肺动脉高压的俗称，可以说是心血管疾病中的癌症。蓝嘴唇患者多为年轻人，他们看上去与常人无异，实际上生活艰辛：走几步路、说几句话就喘不过气，随时可能丧命。

这是苏枚给我讲的她的故事，我很感动，我也希望这个故事能让更多的人感动。

2.

苏枚拿着确诊书，走出北京阜外医院的大门，头晕乎乎的，她的胸部很疼，丁是捂着胸蹲在地上一动不动。她想哭却哭不出来，心里的压抑和胸一样闷，她被确诊为"肺动脉高压"，医生说她有可能活不过三年。

她不相信确诊书的诊断结果，可是她又必须得信，她身后的北京阜外医院，全名是中国医学科学院阜外心血管病医院，是中国目前非常专业的专门治疗心血管疾病的医院，是在国内最权威的了。

苏枚有些郁闷，却没有丝毫的恐惧与悲伤。这可能和她从小就没了母亲，独立懂事得早有关，她特别成熟冷静，面对什么样的事儿，都能以一种不会给别人压力的轻松心态去面对，其实了解她的人都知道，她内心一点都不轻松。

苏枚没有回家，而是打车到了后海，随便进了家酒吧，要了五瓶啤酒，自斟自饮上了。她边喝边叹着气，愣愣地对着酒瓶子，自言自语着，硕大的泪珠就啪嗒啪嗒地流了下来。她想妈妈，她并不怕死，她有时甚至奇怪地认为，早死了就能早早见到自己的母亲，挺好的。

苏枚的母亲是在她小学快毕业的时候去世的，准确地说，是为了保护她丢了性命的。这可能听起来像电视剧里的剧情，可这确实是真的。那一年，苏枚放学后，如往常一样开开心心地往学校门口走。她那天之所以这么开心，是因为那天是她的生日，妈妈答应给她买一个她心仪已久的洋娃娃。

可事实是，妈妈食言了。当苏枚走到门口看到她妈妈的时候，她一下彻底愣住了。她看到妈妈手里并没有任何东西，生气地扭头冲着马路要一个人走。一辆汽车飞奔而过，妈妈急忙把苏枚抱在怀里，汽车将她们母女撞了很远。最后的结果是，苏枚幸运地活了下来，她的母亲却撒手人寰。

苏枚的父亲很爱她的母亲，因为这件事，父亲虽然继续履行做一个父亲的责任，但从那时到现在，父亲对她都很冷漠，时间长了，她也疏远了自己的父亲，后来又来北京上大学、工作，和父亲的交流就越来越少了。所以即使出这么大事儿，她也没有告诉自己的父亲。

苏枚更是个事业女，从小性格就非常要强，注定在工作上是个特别拼的人，所以感情这块一直是名花无主。她的闺密倒是蛮多的，但也不想让闺密跟着担心，所以她得病没有跟任何人说。她到酒吧喝酒也是这个原因，她很痛苦，她觉得自己出这么大事儿，这偌大的世界，竟然悲哀到找不到一个人去诉说。

3.

苏枚大概用了一周的时间，才能慢慢释怀得病这件事儿，全神贯注地投入工作中。不过令她害怕的事儿也终于来了，她的嘴唇变得越发蓝。所以苏枚每天早晨做的第一件事儿，就是抹很厚的口红，她喜欢用粉色那种，这样会让她更有自信些。

她的闺密中有人要过生日，就约她一起唱歌。起初苏枚是拒绝的，医生嘱咐过尽量少做消耗肺部的事儿。但是在她不知缘由的朋友们的一番糖衣炮弹后，苏枚还是乖乖地跟着去了。

她本来是不准备唱歌的，可是进KTV快两小时了，一向在他们这个朋友堆聚会唱歌都是麦霸的她，竟然一反常态，一直在坐着听，没唱。

过生日的朋友不是很高兴，怂恿大家起哄，让苏枚唱一个，苏枚拗不过去只好唱了。

她唱了一首安琥的《天使的翅膀》，这是她很喜欢的一首歌，她也说不明白为什么那么喜欢，每次唱情感都会特别投入，感动得哭得稀里哗啦。

当唱到结尾的时候，苏枚感觉肺部很难受很难受，快要窒息的感觉，她想要喊出来可已经休克过去。

醒来的时候，她在医院的病房里，是VIP病房，一人一间，有些像酒店。

阳光很好，斜斜地打在脸上很舒服。

这时她惊讶地发现，她的父亲在一旁坐着打盹儿。父亲见到女儿醒了，脸上绽放出笑容。

还没等苏枚张口问他怎么会来北京呢，她的父亲赶忙把豆浆拿到微波炉里热了下，然后对苏枚说："也先啥别说，你都三天没吃饭了，先喝点豆浆，医生说你醒了只能吃些流食，我一会儿再给你熬点粥。"

苏枚微笑着摇了摇头说："爸，我不饿，你怎么会来北京？"

父亲告诉苏枚："你都昏睡三天了，我真担心啊。那天你晕倒后，你的朋友们就给你送到这家医院。医生说需要身份证，你的朋友翻你的包找，却发现了阜外医院的诊断书。诊断书的背面有写的字和电话，他们就是这样找到我的，我急忙从老家济南买高铁票赶来。"

苏枚听到这儿，霎时眼泪流了出来。

诊断书背面的字，是那天在后海酒吧，喝了些酒写下的，上面写的是"要是我死了，给这个老家伙打电话"，后边附着的是她父亲的电话。

听完父亲的简单叙述，苏枚下意识地抱住了父亲，父女无言，可是十年的矛盾在刹那间就烟消云散了。

苏枚双手捧着父亲的脸，皮肤褶皱，别说头发了，胡子都开始发白了。父亲是个好强的人，却也感动得滴下了眼泪，哽咽着强调："以前都是爸爸不好，爸爸性格闷，并不是不爱你。"

苏枚赶紧捂住父亲的嘴，破涕为笑地说："我明白，我什么都明白，我们会越来越好的。"

4.

在医院又度过了一周，苏枚终于身体稍微舒适些，可以出院了。这一周她觉得很幸福，虽然得了肺动脉高压，肺部经常会疼，但是她和父亲能冰释前嫌，父亲可以释怀因为她的过错而导致母亲去世这件事，她也能真正从母亲遇难的悲痛中走了出来。

苏枚的公司领导给了她一个很长的假期，算是对她努力工作的肯定。苏枚陪父亲回了趟济南老家，看望已经九十岁高龄的奶奶。

苏枚的爷爷去世得早，奶奶之前一直都一个人住。这几年身子骨不好了，需要有人来照料。奶奶的儿女们不落忍送她去敬老院，就由苏枚的姑姑接到家里去赡养。

苏枚和她的父亲刚在北京上了高铁就给奶奶打电话，奶奶之前已经知道苏枚病了，非常担心，一听自己的大孙女要回来，高兴得合不拢嘴，说一定要给大孙女好好做一桌子好菜。到济南的高铁还是蛮快的，出了火车站，父女俩就急忙打车去了奶奶所在的姑姑家。

姑姑住在八层的老楼的顶层，没有电梯，只能爬楼梯。而肺动脉高压患者是不可以爬楼的，这会引发肺部的疼痛。

父亲问苏枚要不要爬楼梯，苏枚自信且微笑地点了点头。可是刚爬了两层，苏枚肺部疼得喘不上来气，嘴唇变得越来越蓝。父亲只好扶着她先下楼，在小区楼下的椅子上坐着。奶奶站在阳台边一边向苏枚招手，一边拿手机说："乖孙女，等奶奶啊，奶奶这就下楼。"

奶奶岁数大了，身体也不好，在姑姑的搀扶下下了楼。苏枚的父亲和姑姑又上了一趟楼，把奶奶特意给苏枚做的几道菜端了下来。一家四口找了附近的公园，坐下来边吃边聊着。奶奶抚摸着苏枚的头，一直欣慰地笑着。奶奶和苏枚拉着家常，看到苏枚病容憔悴，奶奶心里可不是滋味了。

苏枚告诉奶奶："我的嘴唇可能以后都是蓝色了，再也不能像小的时候能给我涂口红了。"

奶奶边笑着边从兜里拿出口红，是小时候经常给苏枚抹的口红。

苏枚现在看，其实就是那种廉价口红，可是苏枚很感动，眼泪夺眶而出。

奶奶擦拭着苏枚脸上的泪水，说："乖孙女，不哭，奶奶给你抹口红，咱乖孙女永远都漂漂亮亮的。"

那天一家人一起在公园吃了顿饭，苏枚很开心。

母亲去世后，她觉得她失去了所有亲人的爱。其实并没有，而是她锁住了自己的心，现在她终于找到那个开启自己封闭内心的钥匙。

5.
回北京后，苏枚更积极、更乐观了，她勇敢地面对病情。年末，她请了年假，她想挑战下自己。她参加了一个蓝嘴唇NGO组织的骑行拉萨活动。

走的是川藏线，正常穿越川藏线用四十天左右，他们一行人用了三个月。

但庆幸的是，他们到了，他们成功地挑战了自己，这期间有中途离队的成员，有多次休克的成员，但留下来的都用超强的毅力战胜了高原反应，战胜了肺动脉高压。

在布达拉宫前，苏枚一行人都用蓝色的口红，把自己的嘴唇涂成更明显的蓝色。他们想让大众知道，他们是这世界上美丽的存在，他们只是幸运地得到了天使的蓝色之吻。

爸 ，
我 不 会 扔 下 你 的

1.

这是发生在20世纪90年代的事情，是我舅舅一个做警察的朋友的真实故事。认识他的人都叫他"老胡"，他是一个普通的公安警察，贫苦农村家庭出身。所以考上警校那一年，就被父母安排跟邻村一个女人结婚了。

同老胡结婚的女人多少读过点儿书，念到初二因为家穷辍学了，然后就一直帮衬着家里做农活，性格也是那种大嗓门粗犷风格，而且脾气有些急躁。老胡内心对这个女人和婚姻都是抵触的，但是没办法，在20世纪90年代，我们父辈那代人还是比较传统的，听家长安排，刚成人就结婚已是常态。

老胡从警校毕业后，被分配到了东北的溪城做了个普通民警，他就职的派出所，在溪城名为"太子河"的母亲河的旁边，所以那会儿他下了班总爱一个人在河边嗑着瓜子，悠闲地望着河水。他不愿意回家，因为一回家就会和那个他觉得上不了台面的婆娘大吵一架，吵架通常都是没有主题的，都是他的婆娘先挑起的。

那时他已经有了三岁的儿子，所以再不愿意回去，在太阳落山前，老胡还是会买他儿子爱吃的饼干，装作很开心的样子回家的。而且警察是一个负能量很高的工作，工作时遇到的人和事儿，大部分都是阴暗面稍微多一点点的。

2.

老胡在派出所的工作都是处理各种日常小事儿，酒后打架这样的治安事件属于比较大的事儿，他一直觉得自己在警校学了很多本事无从施展，比如，搏击实战、取证破案，所以那阵子老胡天天都想着能碰到个大案子，能用自己的智慧把案子处理了。老胡是农村家庭出来的孩子，从小就被贫苦给折磨够了，他希望能出人头地、改变家庭困局，所以他更渴望快些取得成绩和荣誉。

那是老胡在派出所工作的第一年末，他终于接到一个大案子，溪城连续几家丢了孩子，而且都是两三岁刚会走路说话的女童。这起案件引起了老胡的高度重视，因为太子河附近就是直通大连的国道，那会儿高速公路还不是很发达，连通各个城市的主要道路就是这种国道，两面都是高高的野草之类的。

派出所根据之前取证的线索，已经对几辆货车产生了怀疑，推测被拐儿童有可能是通过货车被运输到大连，然后通过海路入山东，直至拐卖到两广地区。领导派老胡和另两个同事在国道上二十四小时蹲坑监控，那两个同事都是城市家庭背景出身，各种抱怨，工作中也不是很积极负责，到了晚上更是许诺把这月补助给老胡，让老胡自己守夜。

国道两旁野草多，那会儿是三伏天，蚊子最多的时候，老胡满身都是蚊子包。后半夜困就自己扇自己耳光，以保持清醒，脑海里时刻提醒自己想要出人头地，就得抓住这个大案子机会去立功，才能翻身改变自己的命运。让自己翻身改变命运的机会终于来了，一辆之前锁定的货车终于出现了，他骑着之前准备好的摩托车，保持距离一路紧跟，并且让另两个同事联系大部队，终于在去往大连的国道上三分之一处，将货车拦下，在后车厢货物堆下面发现了三个孩子，两个男孩儿和一个女孩儿。

3.

歹徒被绳之以法，等待法院的判决。而派出所接下来的工作，是帮助这三个被拐儿童寻亲，经过多方面核对，这两个男孩儿都找到各自家庭，他们的父母到派出所领孩子的时候，泪流满面，哭得歇斯底里。

这非常触动老胡的内心。他头一次对拐卖这种事深恶痛绝，后来调查拐卖儿童的犯人才知道，之所以最近频繁拐卖儿童，是南方有一个村子有要女婴的需求，他们村有亲戚的关系比较多，他们想要个女儿，给自己儿子从小做不言明的"童养媳"，等大了就让拐卖来的女孩儿和自己的儿子结婚，这样儿子女儿是一家，就没有财产被转移的风险。老胡当时听完后气得直哆嗦，不停地骂道："可怜的中国人，一天天都在想些什么乱七八糟的！"

处理完两个男孩儿，接下来是这个女孩儿，女孩儿不到三岁，已经会说话了，不过不知道是不是受到惊吓了，除了饿了要奶喝，其他时间基本上是不说话的。老胡的工作进展明显没有之前两个男孩儿快，都快两个月了，寻找女孩儿家长的工作依然是毫无进展。

这两个月女孩儿一直是跟着派出所的一位女警察一起住，但女警察也准备结婚了，带着这个女孩儿确实不方便，就向所里领导提出，如果寻亲还是无果的话，就将女孩儿转移到市区的福利院去，所里的领导对这个提议也表示赞同。

老胡是个老实人，以前所里领导都是安排啥是啥，不过这次有些反常，听说女孩儿要送到福利院，他直接敲所里领导的门，表示坚决不同意，一定可以找到她家人的，老胡说他坚信。所里领导看出来老胡是喜欢这个女孩儿，决定暂时把女孩儿交给老胡夫妇俩带，并让老胡给孩子取个小名，等以后找到父母了，再用回原名。

就这样，老胡抱着三岁的"女儿"就高高兴兴地回家了，告诉他那个婆娘，咱俩除了有个大胖儿子，现在又多一个小棉袄。可是没想到老胡的老婆对此并不埋单，反而咒骂道："养一个孩子就够累了，现在又把这外边丢弃的不干不净的孩子给我弄家里来了，多晦气呀。"话音未落，老胡就扇过来一耳光，老胡是个本分人，不是背后喜欢说别人坏话的人，此时他觉得他的老婆太冷血无情，太不是个玩意儿了！

老胡老婆害怕了，这是老胡第一次打她，看来她真的触到老胡的底线了。没办法，只好勉为其难地收留了这个女孩儿。老胡给女孩儿起名叫"安安"，寓意长久平安，这应该是老胡这种朴实人对这孩子最真实的祝福了。

时间转眼又过去了半年，由于无法确认女孩儿的信息，所以始终没能找到女孩儿的亲人。按照国家规定，女孩儿如果没人收养，是必须要送到福利院的。老胡再三做了他老婆的思想工作，这才同意领养安安这个孩子，从此安安成了老胡的合法女儿，这可给老胡莫大的惊喜，老胡欣慰至极。

4.
安安慢慢地长大了，转眼到了上小学的时候。大眼睛、圆脸蛋，虽然从小总会被街坊邻居指指点点说是捡来的孩子，但这并不影响她的心态，因为她有一个爱她的爸爸老胡和哥哥胖球。胖球就是老胡的亲生儿子，这个小名是老胡起的，他总觉得自己这亲生的不争气儿子，从小到大除了哭着要好吃的不会别的，一点儿都没自己的女儿安安优秀。

不过安安和老胡婆娘的关系并没那么好，从安安懂事起，老胡的婆娘就不准安安叫她妈妈，只允许叫她阿姨，这让安安很难过。老胡很多次也想发脾气，可是想想还是放弃了。老胡的婆娘也不容易，从农村一路跟到现在，没有功劳也有苦劳。

让一个女人操持家务，带一个淘气的胖球本来就不容易，又加了一个跟自己没有血缘关系的安安，其实老胡也知道，为了满足自己有个女儿的开心，也牺牲了很多自己婆娘的青春。可是老胡的婆娘对安安的冷漠，并没有因为老胡的包容与明事理而有所改变，反而更甚。

从小学到初中再到高中，都是胖球在享受家里的好资源，书包文具总换新的，衣鞋吃用总用好的，而安安直到初中毕业，基本都是捡邻居家比自己大的姐姐的剩衣穿。由于老胡性格沉闷，不会官场上的左右逢源，老胡并没有像年轻时想的那样出人头地，而是在派出所兢兢业业地做一个基层警察，如果按目前状态不会有什么机会升职的，未来直到退休的生活都是看得见的。虽然这并不是老胡想要的，但是为了家庭，他必须好好守住这个稳定的工作，最起码当警察还是个体面的工作。

老胡每月工资就那么点儿，都放在他老婆那儿了，只够维持家用和两个孩子的花销。所以看到安安这样特别不落忍，从安安小学四年级的时候，老胡每次都把在班赚的小钱，回来偷着给安安，让她留着花。这种小钱的渠道，无外乎打牌、帮同事干些体力活、单位发放的一些奖金，可是老胡并不知道，懂事的安安把钱都存了下来。

初三中考前夕，老胡对安安讲，从小把你领养来，也不知道你的生日，要不就把今年中考的第一天作为你以后的生日吧。安安点点头说好，老胡又问安安想要什么生日礼物，安安想了想说，爸，我想要件碎花连衣裙和一双小红鞋。老胡点了点头说，好，一定在考试前夕给你办到。

老胡知道向他婆娘是要不出来钱的，所以他向同事借了些，终于让安安在中考那天穿着心仪已久的新裙子、鞋子去考试了，那是安安从小到大为数不多的几次穿新衣服。一向懂事的安安，总是对老胡微笑着说自己挺满足幸福的，可是进入考场那一刻，安安还是告诉自己，想让自己和爸爸的生活更好，只能靠自己去努力奋斗。

功夫不负有心人，安安以优秀成绩考入省重点高中，而从初中就开始逃课厮混的胖球却连普通高中都没考上。在安安的升学宴上，老胡喝多了，举着酒杯说："我有这么一个有出息的女儿，我的一生值得了。"只听他婆娘在一边幽幽冷笑道："那是你亲女儿，胖球不是你亲生儿子，胖球必须自费上高中，我还等我儿子考好大学呢。"

本来老胡是不想让胖球上高中的，老胡知道胖球是扶不起的阿斗，赶快去上个技校学点儿本事，早点儿出来工作还能给家里减少压力。可是老胡最终还是没拗过他婆娘，同意自费让胖球去读高中。这样安安去省城读重点高中，除了学费、住宿费，其他比如练习册等资料费，给这个家带来不小的压力。

可是回到家，安安把老胡带到自己房间，令老胡惊讶的是，安安竟然掏出个大盒子，从四年级老胡给她钱开始，攒下来的钱几乎全部都在里边。老胡当时啥也没说，哭着一个劲儿地点头，他相信女儿一定会有大出息的。

5.

三年后安安顺利考入上海一所重点大学的设计专业，胖球哥哥毫无悬念地再次落榜。不过哥哥很爱自己的妹妹，要陪妹妹一块去上海，哥哥想边工作边赚钱供妹妹上学。老胡的婆娘骂儿子，却被老胡制止了，老胡觉得这样挺好。

大学四年，安安潜心学习，哥哥胖球也变得成熟了，白天在一家餐厅上班，晚上在酒吧做DJ，偶尔会让自己的妹妹在酒吧放松下。所以一切都是最好的安排，毫无疑问，哥哥和妹妹恋爱了，亲情这层关系，虽然使这份感情很尴尬胆怯，却也更温馨甜蜜。

不过他们地下工作一直做得很好，老胡和他婆娘一直都不知道。安安毕业进入了一家4A广告公司，又过了三年，她成为一名很优秀的设计师，也赚到了人生的第一桶金，胖球也喜欢上自己紧张而又疲惫的工作，这么多年也攒下一笔钱。

于是他们在去上海第七年的冬天回溪城过春节，向父母坦白了他们的关系。老胡很平静，他的婆娘暴跳如雷，觉得兄妹谈恋爱，传出去多丢人。老胡却欣慰地说："安安又不是我们的亲生儿女，没有血缘关系，这叫亲上加亲，挺好。"

所以在次年安安和胖球结婚了，他们很快乐、很幸福，他们向老胡保证他们的爱情也会美满的。不过就在他们结婚不久，老胡的婆娘被检查出肺癌晚期住院了，在医院总共住了两个月就去世了。这期间安安和上海的公司请了长假，在老家悉心照顾老胡的婆娘，老胡的婆娘终于被感动，娘儿俩近二十年保持距离地相处，在那一刻她变成了真正的母女，畅所欲言，开开心心。老胡的婆娘离世前和安安说，好好对胖球，他比较木讷，安安热泪盈眶地点了点头。

6.

在安安三十岁的时候，她想叫退休的老胡到上海一起生活，被老胡拒绝了。一天老胡急忙给安安打电话，要她速速坐飞机回溪城有事要处理。安安急忙赶了回去，一进门发现一对老人坐在家中，老胡对安安说："你当年的资料都核实找到了，也联系到了你的生父生母。"安安和亲生父母聊了很多，很聊得来。

老胡对安安说："该认祖归宗了，我们父女缘分可能走到头了。"

不过安安却向生父生母鞠躬，保证会做一个好女儿该做的任何事儿。但安安还是转身抱着老胡哭着说："爸，我不会扔下你的，因为我永远姓胡啊。"

十 年 后 的 童 话

这是一篇关于我初次暗恋的故事，主人公是我初中时候的老同学，也是一个眼睛大大有神的小胖姑娘。若干年后我才知道她患有脑瘤，全名叫脑颅内肿瘤，这种病会造成颅内压增高以及水肿，一犯病就会剧烈地头痛。不过这些事儿当年我并不知道，她在我的脑海里永远是一个特别刻苦努力、认真背课本的优秀少年。

这篇文字前后犹豫了三年要不要写，其间写了很多提纲，却一一弃之，不敢动笔。原因是这算是我内心深处最美好的记忆、最单纯的梦，不愿意拿出来分享，更害怕这篇文字的主人公若看到，会有打扰人家正常生活的嫌疑。

但之所以又想写出来，是2014年平安夜的晚上，我在被窝里抱着iPad听歌，当播放器放到《童话》的时候，霎时莫名地泪眼婆娑，想起好多好多回忆的画面，于是便有了这封来自十年后的信。

旭儿，你可知道当我提笔写下上边五个字的时候，内心就像翻倒的五味瓶，不知道是何种滋味。原谅我又用多年前这般矫情的情绪起笔，只因我只是简单地怀念起你，那种曾几何时懵懂的暗恋之感，搅得我心慌乱不已，想对你表述的话也便没有逻辑可言。

那就从2005年的一首流行歌曲开始说起，光良的《童话》。写这封信的时候，我专门上网查了下资料，这首歌发行的时间是2005年1月21日，我记得那时候我们应该是上初二。我记忆里第一次听这首歌是咱们班的音乐课，在学校二楼的音乐教室，里面有音乐老师的钢琴和一台连有DVD的电视。

那时对于我们所在的三线城市郊区的学校，这样的一个教室无疑就是人间天堂。音乐老师对我们很好，一般前二十分钟教我们乐理，后二十分钟会用DVD放最近流行歌曲的光碟。我记得放完《童话》的时候，好多女生眼睛都通红通红的。我还记得你当时很爷们儿地笑着说，隔壁班一个女生看完这个MV哭得一塌糊涂。可是你说这话的时候，眸子里分明也有泪花在打转儿。

与你相比，我一直觉得自己特卑微，浑身都是槽点。如果用湖南卫视比较火的真人秀《一年级》来说，你如果是安琪儿，我就是马浩轩，我们中间隔着千万个如你一般优秀懂事的、陈思成这样的阳光暖男。

你自小就父母离异，懂事地跟着奶奶长大。你特别好强，从小学到初中都是班长。你学习成绩特别优异，理科比较差的你，每次拿到不太好的物理成绩，都会找你的同桌，如陈思成一般懂事稳重的男生，据我所知，他应该是你真正意义上第一个暗恋对象吧。可是与你相比的我，却是很多人眼中的讨厌鬼，少年时性格不合群，总是很自我，不会好好与人交流，学习成绩一塌糊涂不说，连打架也只是挨揍的份儿。

三年的初中生涯，除了看了一堆没有用的闲书，没有一项能拿得出手的成绩。于是你后来考上市重点高中，三年后又考到大连的重点院校。而我却只是在外地高中念了一阵子，却因为胃肠炎又回咱们初中附近的普通高中，降级一年继续百无聊赖着。

除了看闲书以外，又多了一项蛋疼的技能，写一些不痛不痒的文字。然后不断地去买各种文学期刊，开始试着投稿，梦想着只要发了几篇文章，再能出本书，没准我就是下一个韩寒，我就可以走到你面说，你看，虽然我不像你初中喜欢的那个同桌物理那么好，可你看我是个作家啊。

现在想来是多么无知可笑呀，梦想和现实中间永远只夹着两个字：沉淀。我那时缺少太多的沉淀不说，更缺少清醒地认识到自己的位置和当下的任务。该完成学业的时候，却想着模仿已经找到自己下一步人生路的韩寒，其结果只是心比天高，却只是个井底之蛙。以致后来大学退学，来北京北漂多年，经历的苦痛和失去，都只是没有在该干什么的时候干什么导致的。幸好我认为自己还是够努力，亡羊补牢，为时不晚，没有学历照样可以凭着自己的能力和坚持，现在已经有一个可以让自己衣食无忧，并且又喜欢且有能力做好的工作。

不再像年少时那般，总是以梦想之名去撒野，如今更喜欢冷静思考明白自己想要的是什么、该做的是什么。我现在做了一份和文字相关的工作，白天是一家出版公司的编辑，去为别人出书实现梦想，晚上则窝在卧室一杯咖啡伴我继续写着不痛不痒的文字，成不了什么畅销作家，但稿费有余亦可当闲钱花，还有几个人热心读者到我微博说，这些年我写过的短篇他们都看过，想来已经觉得幸福之至。

旭儿，用这么多篇幅写自己，只是想让你知道，人都会变的。好人有可能会变成坏人，讨人嫌之人也有可能会成为某些人喜欢的人。但我必须得清醒地承认，我得到了某些人的喜欢，但这些人中却很难有你。最后一次得到你的评价，是我让咱们一个老同学联系到你，转达我想去大连看看你、吃个饭、聊聊天的想法，可是你拒绝了。

你让那个老同学对我说，我是你想起来就会很烦的人。若放几年前，未经世事的我，或勃然大怒，或烦苦不已，现在却只是会心一笑，接受所不能接受的，才能得到所不能得到的。我想这便是成长，是成熟，是内心强大丰满。这让我想起我特别喜欢的演员黄磊在微博上引用文学大师、画家木心老先生的一句名言："不知该原谅什么，诚觉一切皆可原谅。"

所以即使当下这封信你不会看到，若有一天你有缘看到，请原谅曾经对我的反感，请原谅我往你家打电话，请原谅我曾经多次叛逆，让你这个班长的工作没法进行下去。如果你忘记了我，我也会原谅你，我只是希望你能记住《童话》这首歌就好。如果六十年后，我们都还身体健康地活着，世界也不会有所谓的末日，我多么希望能重新来一次同学聚会，虽然我此时此刻很自私地想着，主要是因为想看到你。我幻想着，我们俩可以坐在咖啡馆，再听一次《童话》这首歌，相视一笑，却脑袋不灵光地记不起对方了。

当然仅限于当下所了解的信息，只知道你现在在大连有着稳定的工作，有一个应该很爱你的男朋友。我觉得很欣慰，写这封信不是为了让你看到，只是为自己留个青春时的记忆。我不怕你忘记了我，因为在你的生命中，我是一个太不重要的过客，可是于我而言，你的确是我这十年来一个梦中的影子。我不知道怎么表述你才能明白，直白地说，就好像男生的青春里总要有一两个最美的女子形象，才能深刻认为自己是个有血有肉对爱执着的情种吧。就好像《天龙八部》里的段誉，虽然最后的爱情归属是王语嫣，但是初次体验脸红心跳却是看了神仙姐姐的石像，想来你于我而言也是这般吧。

说点轻松的吧，你知道你在我心中的是什么形象吗？

我简单形容下，可能不对，但是这个形象已经与你的名字一起，像电脑程序一般写死到我脑海里：短头发，大大的圆眼睛，白白的脸蛋，脖子上有一个蝴蝶花的丝巾，总爱穿着一件酒红色的毛衫、浅灰色的筒裤，还有一双小红皮鞋。

你最讨厌穿裙子，在我记忆里除了夏季校服，我真不记得你有过穿裙子的时候。

你的脾气和气场还是蛮大的，生气的时候喜欢吹着刘海，我经常压着上课铃进教室，却不关门、不对老师礼貌地喊报到，你总是抢在老师发飙之前冷冷道：这尾巴拖得是有多长！怕被夹到吗？

唉，感觉那时的我们，你是老师眼中懂事的好少年，我是不懂人情道理的小浑蛋。现在想起来这些往事，心里特别暖。

最后让我告诉你，从毕业之后我与你出现在一个维度的时间点吧，或许你并不知道。

中考结束那年，你出校门的时候，我在背后望着你，莫名地叹了一口气。

　　我晚上喝了点儿酒，给你发短信说自己喝多了，却接到你同桌慰问我的电话，不知是该感动还是感慨啊！

　　第二次是刚升入高中的国庆以后，我提前两日离开学校，在你高中附近吃饭的地方，我看着你的侧影从我眼前走过。第三次是你刚上高三的秋天，我去了你们重点高中专门在郊区为高三学生准备的封底寄读的分校，我骗过门卫进了学校，我偷瞄到你，可你不知道有我的存在。

　　第四次是紧接着的春节，在咱们初中附近的马路上，我望着你往公交车站走的背影，我只是笑自己连上前打招呼的勇气都没有。

　　那一年我的诺基亚5300也丢了，只给你发过一次短信，你的那个手机号也没了。

　　时间进入了2011年冬天，那时我已经在北京工作了。

　　我忘记在哪儿找到了你的QQ加上了，我们简单慰问几句，你看到我空间里我与当时女友的合影，你祝我幸福，我也祝你幸福。后来就没了你的QQ号，也便没了联系。

　　2012年国庆我去大连办事，在大连星海广场闲逛，看见一个女孩儿特别像你，当时激动地想直接搂进怀中，却不想只是简单地认错人而已。

本想去你所就读的大连水产学院，也就是现在的大连海洋大学看看，但想想还是放弃了，算是给自己留个再去大连的理由吧。

去年在老家市区买了新房了，收拾我儿时住的房子时，在书架上找到两封信，那是我们高一的时候通过的仅有两封信。我将信好好夹在一本非常喜欢的书里面——《海子诗全集》。

旭儿，如今觉得你比我幸福。

在这个冬天，你在大连可以面朝大海，等待春暖花开。我在北京却只能面朝雾霾，等待沙尘暴来。

最后祝福你，祝福你早日进入婚姻殿堂，为人妻为人母，幸福永远。

我偶尔会幻想着，若我参加你的婚礼，我应该是坐在离你最远的桌子上，看着你幸福洋溢的笑容，然后我一定会抿着杯酒，低头小声地说：真好。

最后请记住你小时候家里已经不用的座机号2122232，这个号我不知道为啥记得这么熟悉，比之更为可笑的是，我大学、来京前后两任的前女友的手机号，我分手不到三个月就真的记不住了。

不是我没有刻骨铭心地爱过她们，只是我没有不经意间强迫自己不要忘记些什么。

这封信无关乎爱情，只是匆匆那年的青春与怀念。

希望你若有一天再听《童话》，你还能记得音乐课自始至终都望着你的那个讨人嫌的少年。

城 市 美 容 师

这是一个发生在我老家溪城的真实故事，主人公叫老王二叔。

因为我一直以来都特别想写一篇关于环卫工人的故事，可无奈身边并没有很真实的故事素材供我参考。直到去年冬天回老家，和母亲聊了这个想法，母亲介绍我认识了老王二叔，一个六十多岁的老头。

他常在我家小区楼下打扫卫生，母亲告诉我，他住在我们对面楼的一楼，那是当地社区给一些无家可归的老人提供的集体宿舍。老王二叔的儿子因打架斗殴入狱多年，老伴儿也死得早，他每月都靠政府的保障金以及做环卫工人低廉的工资度日。

通过母亲的介绍，我和老王二叔在午后的楼下石椅上攀谈起来，老王二叔告诉我，他年轻的时候就在太子河上靠打鱼为生。太子河就在我家楼后，是我家乡溪城的母亲河，在我小的时候是个特别美的河流，河边有芦苇，有麦田，有蛐蛐和蚂蚱，也有果树和甜秆，简直是我童年的天堂。

不过后来又建铁路，附近的山又不断地开矿，曾经熟悉的村落，拆迁后建成了一排排林立的高楼，曾经清澈的太子河也被污染得不像样子，老王二叔也是在这个时候不再干打鱼的工作了。

一来河流污染，二来年岁大了，老王二叔最终咬了咬牙，金盆洗手上了岸，在当地社区的推荐下，在太子河的环河路上做了一名环卫工人，至于后来到我们楼下来扫地，是因为一场交通事故。

他的左小腿被撞坏了，截肢安了假腿，不过在老王二叔告诉我之前，我丝毫没有看出来。老王二叔一提此事，情绪就很激动，因为环河路是我们那个三线城市最长的一条路，所以跟在小区楼下扫地，工资完全是天壤之别。就因为这个事故，让他回到小区扫地，每月少赚很多。

这个事故是这样的，五年前，是老王二叔活了半辈子最崩溃绝望的一年。他的儿子是当地的小混混，经常犯事儿进局子，多次被教育还是屡教不改，终因当年一次参与打群架，错手把一个人打成残疾而被捕入狱，法院判的是严重伤害，十年有期徒刑。

那一年老王二叔的老伴儿心脏病的老毛病连续犯病，一天清晨老王二叔拍自己的老伴儿起床，老伴儿却不搭理，后来叫了120来才确诊心梗猝死了。老王二叔悲恸欲绝，他后来选择去太子河做环卫工人的工作，也是因为他身边已经没有了亲人，唯一能让他有亲切感的是这条陪了他一辈子的太子河。

那会儿老王二叔经常带个小收音机，边扫着马路边听新闻评书，或听歌唱戏，他就这样在午夜昏黄的路灯下，拿着扫把一步步地往前走着。他是一个热爱劳动的老实人，他觉得人活一辈子就要踏踏实实地劳动，用自己辛勤的汗水换来的一切，才是最踏实的美好生活。所以即便是一个相对其他工作，在这座城市收入并不高的岗位，他也依旧尽职尽力，他清扫过的路面一尘不染，从午夜到清晨反复打扫着环河路，他干得乐此不疲。

不过没想到一场车祸改变了一切。环河路是紧靠着太子河的马路，后来政府把这边规划了下，有路灯，有喷泉，也有各种靠着河边建的栈桥，晚上有很多人在这儿锻炼遛弯，跳广场舞。

所以每当老王二叔午夜过来开工干活时，他就要收拾眼前数不清的垃圾，这其中最不好收拾的当属瓜子皮和广告传单，可是敬业的老王二叔不管多累都会打扫得干干净净，虽然他知道第二天依旧如此。

我曾问过老王二叔，对于这种现象心里有气吗？

老王二叔告诉我，有是肯定有，但是也没有办法，这就是他的工作，他就要尽职尽责地做好。如果他不收拾，别说第二天晚上来遛弯的人们，即使第二天早晨清洁道路的喷水车司机也会被垃圾影响心情。

可是老王二叔没想到，他就是因为认认真真地扫这一个个不好处理的瓜子皮，才会被酒驾司机给撞到了。虽然司机没有逃逸，后来按法律流程，保险公司也进行了相关理赔，可一条腿就这么没了，在医院抢救那天，血浆就打了三袋，最后还是截肢，没能保住腿。

可尽管如此，酒驾司机没有认识到自己的错误，反而在医院大骂道：我真他妈点儿背，你个臭老头半夜不回家睡觉，在马路上尽哪门子的职，给你开多少工资，让你这么拼命干活？

后来老王二叔告诉我，那天他听到这话了，他脑袋没糊涂，他心里想，这和开多少工资没关系，而是一种责任。他这辈子没有把自己的儿子教育明白，最后看着儿子受牢狱之灾，这是他没有尽到做一个父亲的责任。如果他现在做个环卫工人，连工作责任都做不好，他觉得这辈子真的白活一次了。听到这话，我感动得特别想哭。

这次车祸后，当地社区就把老王二叔安排到我们小区楼下扫地，而且是白班。他很乐观，内心里的爱很饱满，他白天在外边扫地，中午一定要回去把家里的几盆花浇好水，那是他老伴儿生前养的几盆花。他觉得守住了这几盆花，他就守住了对老伴的念想。在很多个夜晚，他都会独自走到太子河，坐在河边望着天空的群星，浑然不觉地流着泪。不仅是思念天上的老伴，也思念在监狱里服刑的儿子。

痛到深处，他会吼几嗓子他老伴生前最爱听的评剧。从《刘巧儿》到《杨三姐告状》，从《秦香莲》到《梁山伯与祝英台》，我现场听老王二叔唱过一次，且不论唱功如何，单就一字一句、韵味把式，都是准确到位、游刃有余。

曾有人赞美像老王二叔这样的环卫工人是城市美容师，可在我看来，他们却是孤独路上的超现实主义者。他们有自己的精神世界，在这个世界里有可以让自己兴奋与满足的痛点抑或泪点。可能环卫工人并不是什么高大上的工作，也并没有什么值得去讲述的大故事和大情怀。他们虽然是这个时代的小人物，但仍旧有着可能会让你感动流泪的人生片段。

他们不仅是这个城市的美容师，也许也是你我心灵的洗涤者。

我　怎　能　让　你

孤　单　地　走

I won't leave you alone...

1.

你听过侏儒症吗？就是一种身高短小、骨骼不成比例的疾病，他们通常被冠以一种不礼貌的称呼"小矮人"。但是这种病只是因为先天生长激素不全，导致身体发育迟缓造成的。大部分侏儒症患者智力是正常的，所以当我们不了解这类群体时，你的嘲笑、你的窃窃私语、你那审视到底是小孩儿还是成人的猜疑目光，都会刺伤他们，严重地打击他们的自尊心。

所以我想讲一个发生在沈阳郊区的真实故事，一对侏儒症爷爷奶奶的爱情故事，以及他们的广场舞队伍"夕阳童子军"——全部都由侏儒症患者组成。

2.

爷爷七十三岁，奶奶六十九岁，爷爷寿终正寝，奶奶不愿自己孤单地活在世上，在次日服下大量安眠药随老头儿一块走了。因为他们是侏儒，没有生育能力，所以膝下无子，所以在他们去世后的两天，他们的广场舞伴才发现了尸体，大伙儿合力料理了他们的后事。

爷爷奶奶相伴四十八年，他们的爱情故事被奶奶记录在一个日记本上。当帮忙料理他们后事的人发现他们时，奶奶依偎在爷爷的怀里，脸上是安详的笑容，想必离开人世时很满足、很幸福。

故事倒回四十八年前，爷爷奶奶都是二十岁出头的年纪，那会儿正赶上"文化大革命"的后期。他们不敢出屋，因为他们是侏儒，出屋会更加受欺负，比如出去打个酱油，不唱一首红色歌曲或者不念一首毛主席的诗歌，是不能放行的。

那会儿大家对侏儒症了解甚少，在当时沈阳的郊区，没文化的村民比较多，哪晓得"侏儒"二字是啥意思。大伙儿都管他们叫"小矮人"，他们总挨欺负，经常有红卫兵抓他们去贴大字报，还不给他们椅子，本来身高一米六左右就能碰到的黑板，对他们来说简直是天堂一样的高度，跳着都沾不上，几个红卫兵就在旁边捧腹大笑，拿别人的自卑当乐子玩。

那会儿大部分侏儒症患者是很自卑的，大多足不出户，他们更喜欢晚上出来，这样人少，没人注意他们，即使注意了，也以为是小孩儿跑出来玩儿。爷爷和奶奶就是这会儿认识的，他们相爱了，他们用现在的话讲，都并非是外貌协会的，都是被对方的内在吸引。

奶奶性格很好，还会刺绣缝纫，爷爷当年很多衬衫和布鞋，都是奶奶做的。那个年代很少有卖衣服鞋子的店面，即使有也不可能有符合他们大小的。很多侏儒症患者还买童装，虽然和小孩儿个子差不多，但身材明显还是不同的，所以穿童装并不适合。那会儿爷爷特开心，他不仅收获了爱情，还有专门给他做衣服鞋子的地儿。

爷爷性格也很好，特别和蔼可亲，喜欢看书和听戏，会写评剧戏文，还会画油画，说西方油画史，一套接一套，这点特别吸引奶奶，在那个年代，男人只要有些文化，都特别特别吸引女人。不过恰好赶在那个特殊又敏感的时期，爷爷收藏的很多古书都被没收，或者自己怕摊事儿给焚烧了。

奶奶和爷爷做过最厉害的一件事儿是在一个满月的夜晚，他们偷跑到农田的玉米地里接吻。奶奶日记本上说，当时路过几个人，但没有人太在意，估计是把她和爷爷当成小孩子玩过家家了。

3.
在那个敏感时期的最后一年，爷爷奶奶结婚了，他们的家人很为他们高兴，并且祝福他们，原因是他们家人都觉得侏儒症患者一辈子都得打光棍，很难找到结婚的对象。不过乡亲邻里几乎没有来祝贺的，那会儿都穷，没人愿意主动给份子钱，何况是一对侏儒症夫妻，他们根本不被看好。奶奶结婚那会儿虽然幸福，但婚后一段日子她很郁闷，因为她总能听到乡亲邻里的窃窃私语：你说这小矮人能生孩子吗？

不过爷爷却不在乎这些，他只是专心地爱着奶奶，变着法给奶奶做爱吃的菜。那会儿农村灶台高，每次都能看到爷爷拿个军队炒菜的长铲子，站在凳子上炒菜，奶奶说老了后想想那画面都蛮温馨的。

时间推到1978年恢复高考，爷爷之前虽然一直务农，不过依旧不忘记读书学习，还有画画。恢复高考那年，他对奶奶说，他想试试，他不想一辈子做农民。奶奶很支持他，爷爷很努力地复习了半年，这半年家里家外的活儿，几乎都是奶奶一人挑起来的，不过事非所愿，爷爷最终还是没能考上。

不过爷爷很乐观地接受，他继续读书、画画，爷爷说，人生就是这样，没有一帆风顺，只有勇往直前。所以终于在20世纪80年代改革开放，爷爷获得机会，进入了当地的民间戏剧团，给团里写现代评剧戏文。剧团的领导肯定了他的才华，很喜欢他写的戏文，给他涨了好几回工资。

爷爷在戏剧团一干就是十多年，20世纪90年代城乡改革，镇里分楼房，在团长的帮忙下，爷爷也进了镇里住了楼房，告别在农村做一个农民的生活。奶奶在楼下开了个缝纫店，给人家缝缝补补，虽然赚的钱不多，但也能贴补很多家用，日子过得也还算幸福。

4.

1998年发洪水，不仅长江、黄河泛滥，东北黑龙江省境内的几条江河也发了洪水。当时社区号召捐款，爷爷和奶奶带头捐了五百元，五张蓝色的一百元人民币，对当时的普通老百姓来说，这可是一笔不小的数目。

当地社区领导对爷爷奶奶说，你们是残疾人，可以不用捐的。爷爷当时就拍着大腿说，谁是残疾人？不要歧视我们，我就是个子矮了点儿而已，我自己能赚钱，我能力一点儿不矮。领导听了这话，脸都红了，连忙道歉，当时爷爷奶奶的举动也震撼了现场的很多人。后来2003年"非典"、2008年汶川地震，爷爷奶奶都尽了自己的力。

爷爷奶奶说，他们就是想通过自己的行动，告诉全国人民，侏儒症患者就是个子矮些嘛，除此之外，别人能做到的事儿，侏儒症患者都能做到。他们不仅不会给国家拖后腿，还能为这个国家做点儿他们能做的贡献。人家美国的侏儒症患者能聚集五千多人开个公司，我们中国人怎么就比不上他美国人呢！

所以在2005年的时候，爷爷做了两件特别了不起的事儿。第一件事儿是他除了写戏文为生，还成功举办了自己的油画画展，很多以侏儒症为主题的油画都高价拍卖出去了，爷爷用卖画的钱，不但带着奶奶在中国很多城市旅游，还组织了一个叫作"夕阳童子军"的秧歌队，到2010年的时候发展为五十多人的广场舞队。

这个"夕阳童子军"全部由五十岁以上的侏儒症患者组成，他们经常在沈阳的各个广场出现。早期是扭秧歌，后期是穿着统一的衣服跳广场舞，向更多的人展现侏儒症患者的精神风貌。

他们跳广场舞时特别喜欢凤凰传奇的歌曲，从《月亮之上》到《自由飞翔》，从《我从草原来》到《最炫民族风》，都是他们钟爱的舞曲。

后来他们的舞蹈队也让更多人了解了侏儒症患者。大家从尊重他们，到喜欢他们，看过他们跳舞的人说，每次看到广场上五十多个曾经是大家口中的"小矮人"跳舞，都会感到特别震撼。

那一刻仿佛自己是小矮人，而他们是有灵魂的巨人。

5.

祭拜那日，在爷爷奶奶的坟墓前，除了他们昔日的侏儒舞伴们，还有当地的街坊邻里，很多人对着墓碑流着泪，很多人说他们做了很多值得称赞和怀念的事儿。

在奶奶日记本的最后一页写着一句诗，落款日期是发现爷爷奶奶尸体的前两天，想来应该是奶奶临走之前留的话："我怎能让你孤单地走，说好一起去海边看日出呢！"

鱼　皮

.

1.

位于三环附近的一所公寓小区里的一个三居室，客厅是经过重新装修改造的，一侧墙壁是连体的酒柜和吧台。

一个女人正百无聊赖地坐在卡座上，倾斜并摇晃着高脚杯的底座，红酒顺势慢慢地流下，此刻挂杯的状态，就像这个女人现在的心情。

黏稠，且千头万绪。

女人的名字叫小雪，当然这一听就知道是化名，而且是那种在夜生活场所司空见惯的化名。

小雪是个湖北姑娘，性格执拗，敢爱敢恨，一副洒脱不羁的性情，着实让点过她的客人都非常满意。甚至有些客人为了她，不惜在第一次组团来消费之后，自己花钱再单独来一次，只为与小雪喝几杯酒，抑或唱个把钟头的歌。

故事叙述到这儿，想必大伙儿已经猜出小雪的职业了。小雪其实是个夜总会陪酒女，而且她工作的夜总会还不是一般的小门小户，是高档的商务会馆，专门接待各界老板、名人的地儿。

小雪平常上班喜欢穿黑丝装，因为她觉得这样不做作，最符合她这个职业。陪客人唱歌，客人点什么歌让她唱，她都用心地去唱。客人让她喝酒，只要不是在来大姨妈的话，她定是敬酒必喝，给足客人面子。但就是话特别少，沉默得如同哑巴。

相对在这里工作的其他几个姐们儿，小雪算比较矜持的了。或者用小雪姐们儿的原话来形容："小雪那丫头太保守啦，就是个玩不开的雏儿！"小雪对此评价只是微微一笑，从不理会，不去争辩，平常也惜字如金，谨言少语。

小雪从不勾搭来这儿玩的有钱主儿们，小雪觉得自己是非常有自知之明的。这只是一份陪酒、陪笑、陪温柔的娱乐场所，这里没有太多的假象，但也绝对不会存在着真诚。这只是一份给别人当玩物的工作而已，先陪上足够的笑脸与酒水，再拿到足够让自己心理平衡的钞票。

如此简单而已。

对，仅仅，如此简单而已。

来夜总会玩的客人，可能不会把这里的姑娘们看成鸡，但也绝对不会当成人，尤其是不会把她们看成需要真心呵护理解的女人。

在这里，大家都戴着个比白天工作时还要虚假的面具，谁都不会说太多的真话。大家都是逢场作戏，玩玩而已。

客人花到什么样的价位，陪酒的姑娘们给到什么样的服务。与这里一些姑娘想多赚钱还会偷着出台相比，小雪只坐台，从不出台。

小雪一直认为，虽然她的工作有些特殊，但是她一直都做着本分的事儿，挣着本分的钱。

这是她内心的原则和坚守，但是对客人和夜总会管事的"妈咪"来说，这是装纯洁的恶俗模样。

2.

小雪继续摇晃手中的酒杯，喝了一杯又一杯，她环视房屋的每一处。然后发出阵阵冷笑，在只有她一人的房屋中，似乎都能听到回响。无论墙壁的粉刷、天棚的吊灯、客厅的设计，还是卧室的舒服的大床，都是按照自己的喜好来装饰的。这曾经是她多少个夜晚梦寐以求的生活环境，现在都轻而易举地实现了。可是她并不快乐，一点儿也不快乐，甚至有些悲愤，撕心裂肺般的悲愤。

房屋是南北双阳台，小雪坐在椅子上，看了看南边的阳台，又看了看北边的阳台，内心无限空洞与悲凉。她顺势一口，又喝下满满一杯红酒，不停地撩着头发，觉得胸腔很闷很闷，想哭却哭不出来。

在距离此刻仅仅两年前，她孤身从南方小镇来京北漂。忍受过很多北漂的苦日子，住过地下室，也住过郊区的自建房。她至今犹记那年冬天住的自建房，房屋是靠烧水才会有热度的暖气，被褥一直是潮湿阴冷的。她两个月没来大姨妈，后来去医院检查，医生很无情地告诉她，她以后结婚，想孕育下一代的概率比较低。小雪当时听到这消息，犹如晴天霹雳，多少次走到护城河边，都恨不得投河自尽。

但是小雪还是鼓足勇气地活下去，她要活得好，活得精彩，活给那些狗眼看人低的人看看。小雪现在住的地儿，房屋的采光特别好。阳光暖暖地打在她的脸上，让她觉得特别舒服。可以坐在吧台上喝着红酒，品味着生活。饿的话，马上就可以叫外卖。晚上不用再去那吵闹的夜总会，只要招待好有时三五天才来一次，有时一个月忙得都不见人影的，总爱喷着爱马仕香水的那个男人就好。

招待好这个男人的方法，其实特别简单。

当知道这个男人晚上要过来，就提前订一桌西餐送到家。但这个男人通常也就吃一份牛排、沙拉，喝两杯红酒，剩下的食物大多都不怎么动。而后两人如漆似胶地泡个双人浴，男人之前有安排小雪专门学了SPA，所以洗浴之后便让小雪穿着睡裙为他做SPA。再之后大家都懂得，男人脱掉小雪的睡裙，开始进入这不眠夜的真正主题。

如此而已，小雪就可以继续住在这个偌大的房子，拿到足够买任何奢侈品的钱。她不必担心当小三会让男子的原配夫人知道，闹出什么乱子。因为男子的老婆是个加拿大华裔，带着孩子常年定居多伦多，很少回北京，所以小雪这个小三是非常安全的，且名正言顺。之所以说名正言顺，是因为男子在很多商务酒会，会以自己夫人的角色，带着小雪出席。只因为小雪不是一般的夜总会姑娘，不但在大夜总会做过，情商高，场面事儿做得到位，更因为她是名牌大学毕业，学的是外语，英语说得那是相当流利。

这也可能是小雪能从夜总会走出来，过上如此"幸福生活"的原因吧。

当然"幸福生活"这个定义名词，不是小雪自己的感受，是她在夜总会工作时，那些姑娘和"妈咪"的措辞。在小雪辞掉夜总会工作那天，她的"妈咪"握着她的手，不停地说："亲爱的雪儿，你命真好，你一定会很幸福的。要珍惜生活，要知足。过上好日子可别忘了我哟！"

言语中尽是妩媚与恶心，她望着眼前这个娘得不行的男人，是怎样的社会，造就了如此奇葩的他呢？

这不禁让小雪想起了那个欺骗过她的前男友。

谁也不会想到一个弹吉他的文艺青年，最后却走上了做专职"妈咪"的人生路。

3.
在夜总会有两个常用的词汇、坐台和出台。

这两个词汇其实很好理解，坐台就是指在夜总会的包间内提供服务。比如，陪唱、陪喝、陪跳舞，当然在风声不严的时候，也会出现裸跳，或让客人抚摸身体的情况。早些年还有聚众淫乱的事儿，现在因为管得严，这档子事儿要少得多了。

而出台就是谈好一定的价码，姑娘跟着客人走，去指定的地儿继续提供服务，多以性服务为主。

但像北京这样的一线城市管得都比较严，会把在夜总会工作的姑娘们的身份证，在所在地公安机关进行扫描，进入指定的监控系统之内。一般在夜总会，姑娘们胸前都会戴个磁卡，意为已经进入了这个监控系统。胸前有磁卡的姑娘，她们的身份证是无法入住所在城市任何酒店及旅馆的。公安机关就是防着这些姑娘借这些地方进行卖淫活动，所以这些姑娘多以自己居住的地方为出台的服务场所。

小雪才来夜总会工作那阵子，并不懂这些。那会儿她住得比较远，有一次下班已经将近凌晨4点了，正好赶上下大雨，打不到出租车。小雪又不愿意在那个乌烟瘴气的夜总会继续待下去，就到不远处一家快捷酒店入住。可是没想到交身份证订房的时候，身份证显示是被监控的证件，订不了房间。酒店的前台服务人员似乎明白了什么，用好奇且鄙夷的眼光打量着小雪。小雪看着他们的眼神，像是一把刀，狠狠地扎在自己的内心深处。虽然没有言语，但这眼神的侮辱却让她一辈子都摆脱不掉某种阴影。

小雪气愤地跑出了酒店，大雨淋湿了她的全身。她捂着嘴，眼泪止不住地往下流，与倾盆大雨融合在一起，已经分不清眼泪和雨水了。她沿着马路边哭边走，直到因为疲惫，昏倒在街边上。醒来的时候，发现自己竟然在派出所，后来才知道是巡防的民警发现了她，开车拉回派出所的。民警拿着她的磁卡，简单地询问了下，心中却早已如明镜。

民警让小雪回家好好休息休息，临走前，一个女民警提高声调对小雪说："一个女孩儿去干点儿正经工作，别为了赚钱那么不爱惜自己。法律是无情的，如果发现你有越界的服务，必定严惩不贷。"

小雪听这话的时候，背对着民警，摇了摇头，冷笑几声，然后离开。

4.

坐在吧台前的小雪，喝了几杯红酒之后，忽觉得有些困顿，就离开了卡座，到屋中的大床上趴着。窗户是开着的，微风吹进，小雪的头发遮住了半张脸。小雪不知是真喝多了，还是借着刚上头的酒劲，发泄自己心中的郁郁之闷。她不断地冷笑着："哈哈哈，哈哈哈。"一声比一声高。声音在房屋中回响，有嘲笑，有厌世，有愤恨，或许更多的则是无奈。

小雪养了一只猫，起了个有些让人匪夷所思的名字，叫作"鱼皮"。之所以会叫这个名字，这大概跟这个猫的饮食习惯有关。不！准确来说，应该跟小雪的饮食习惯有关。

自从两年前被前男友欺骗，从事了夜总会陪酒女这个工作之后，小雪就有了一个看似不太正常的饮食习惯，每天去夜总会工作前，都要生吃一点儿活鱼肉。在这件事情上，小雪真的非常残忍。

事实上，小雪也认为自己变态，她从来不认为自己正常。小雪一度双手手心对着自己的眼睛，自言自语道："我能看到好多蓝点，我能看到游动的鱼儿。"

5.

小雪和她前男友就是因为《南方姑娘》这首歌认识的，小雪是不可以听这首歌的。只要一听到，她就会控制不住自己的情绪，发了疯一般，做出想象之外的事情。

一个南方姑娘，一个北方汉子。一个是刚来北京，大学毕业、满是天真的女孩儿。一个是多年北漂，高情商早已学会假微笑的成熟男人。这段感情，可能从一开始就是个错误，但是小雪义无反顾。

他们于盛夏的烦躁中，在后海某酒吧相识。

彼时，他还是个文艺男青年，留着长长头发，穿着破洞的牛仔裤和卡通T恤。刘海遮住了半张脸，斜着头的时候，能看到深邃的眼神，如秋水一般寂静。富有男人味儿的样子，足以让众多女性为之倾心。小雪在后海第一次泡酒吧，就在他工作的这个酒吧。并且在听到他唱这首歌之后，决定每周都去个两三次，就为了能听到《南方姑娘》这首歌，并且能看到这个目光深邃、魅力十足的男人。

在小雪来酒吧的第三周，他似乎记住了小雪。也是在这一次，他们真正相识了。酒吧每一小时换一次人，他唱的这一小时，并没有唱《南方姑娘》这首歌。在换人之后，小雪前男友突然坐在小雪旁边，彼时小雪正有些失望，孤单一人默默地呆望着酒杯。小雪前男友并没有说话，只是单纯地冲着小雪微笑，小雪也心花怒放、故作镇静地回以微笑。两人都不说话，就对视着傻笑了，足有十多分钟。

小雪打破了沉默："能为我再唱一首歌吗？"

小雪前男友笑着："说吧，什么歌？"

"《南方姑娘》。"

"好，没问题。"

小雪前男友走上台上，拿起吉他，开始唱起。当唱到"南方姑娘，你是否习惯北方的秋凉？南方姑娘，你是否喜欢北方人的直爽？"歌声突然戛然而止，对着小雪问："你是哪儿的人？大声告诉我。"

小雪先是一惊，接着镇定下心神，用方言大声回答道："武汉人。"

小雪前男友又大声说："那就是南方姑娘喽！你面前的北方汉子，是内蒙古包头滴。"

于是，在那个夜晚，他们走出酒吧，牵着手，平静地在后海逛着，聊着彼此的过去，也聊着彼此所憧憬的未来。

然后吃饭，再然后去那个男人住的地方。在都还不知道对方名字的情况下，就开始了缠绵的床笫之事，并付出了真情。起码，小雪付出了真情，因为那是小雪结束处女之身的夜晚。

在两人激情过后，小雪用手指在自己的私处擦了一点处女血，抹在了他的胸前，咬着嘴唇说：“你要对得起我哟！这是我对你全部的爱，你要记住一辈子。”

他没有回答，只是搂着全裸的小雪，保持沉默。而后在小雪的身上，抚摸以及亲吻。小雪以为这是用切肤之语来许下的承诺。可是后来发生的一切，才让小雪明白，自己只是他众多性伴侣的其中之一。

说白了，就是炮友，只是小雪羞于承认，不愿接受。

后来当小雪在夜总会工作之后，一次酒后，她曾对她的客人说起往事，她不断重复：宁可做全世界臭老爷们儿的小姐，也不愿做那个她深爱男人的炮友。

6.

小雪发现，躺在床上只消一会儿，便不会再有困顿之感。于是她坐了起来，盘着腿，双眼直愣愣地盯着天花板，发着呆。从窗户呼啸而进的风，似乎大了一些，凉飕飕了一些。那只唤作“鱼皮”的猫咪，似乎也觉察到了屋子中的寒冷。站在窗台上，来回踱步，瑟瑟发抖。但是狡猾的猫咪，不敢靠近小雪，或者说不敢靠近小雪的床。

小雪的床，除了那个满足她物质需求的男人以外，谁也没有碰过。小雪有洁癖，非常严重的洁癖。或者说那不叫洁癖，而是心理早已出现严重的扭曲和不正常。猫咪曾经因为不懂得小雪的规矩，吃尽了苦头。小雪每次喝完红酒，醉醺醺的时候，就浑然不觉地把那只猫看作她前男友。这听起来很匪夷所思、奇幻无比。连小雪每次醒酒之后，都会对自己醉酒状态有这种幻象，而嘲笑自己不已。但是这只唤作"鱼皮"的猫，无疑是小雪这辈子遇到过所有宠物中遭到她虐待最多的一只。

猫咪曾经因为误上了小雪的床，被小雪关到笼子里，几天不喂食物，在绝食中哀莫大于心死。可是光绝食，倒还不算什么。小雪竟然用打火机，不断点着她自己一手养大的猫咪的尾巴。猫咪撕心裂肺地哀叫着，小雪却捧腹大笑，乐此不疲，意犹未尽。

还有一次，就因为小雪吃活鱼，把鱼皮给猫咪吃，猫咪竟然闻了闻，转头不吃。这让小雪异常愤怒，这导致的结果是，小雪把猫咪扔进了洗衣机里，点了冷洗的功能。猫咪绝望地透着洗衣机的圆玻璃，晕头转向地望着外边。

但是小雪却发了疯一般指着洗衣机，不断吼骂着："你这个傻逼猫，根本不懂我为啥给你起名叫'鱼皮'。活该，让洗衣机转死你！"这污言秽语，满是诅咒、疯狂、冷漠、悲哀。

　　洗衣机就这样一圈又一圈地转着，猫咪绝望的眼神，透露着渴望的求救，渴望着光明，渴望着卸掉眩晕。小雪冷漠地看着洗衣机里的猫咪，她想到了在夜总会工作时的自己，一群臭男人，这个搂完又推给另一个抱。

　　这个男人刚亲完一下，另一个男人就蹭过猪嘴，上来也要亲一口，小雪想躲也躲不开。不停被敬酒，与其说敬酒，不如说灌酒，直到把小雪折磨得烂醉如泥，眩晕不止。她绝望地想逃离几个男人的怀中、包间，甚至夜总会，她渴望着光明，渴望着一个舒适的屋子，渴望着逃离喧闹。渴望着逃离这一只又一只摸在她胸部、私处的肮脏的男人的手。渴望逃离这亲完脸蛋就想亲唇部的一张张烟臭味儿熏天的猪嘴。

　　可是她做不到，她只能默默地听从命运的安排。

　　就如同关在洗衣机里的猫咪，除了定时器结束，没有其他的办法能救这只可怜的小动物。就像小雪晚上7点进夜总会上班，就望着自己的手表到凌晨4点。夜总会何尝不是洗衣机，而小雪就是那只被转得晕头转向的猫咪。

　　于被命运安排的悲哀者而言，仿佛时间到了那个点，就什么都可以结束似的。但是真的可以结束吗？

小雪曾经在一篇日记中写过这么一段话："医学再高明，修复得好处女膜，却修复不好一个少女的心。好男人再重要，给得了你性高潮，却给不了你一生所爱。"

7.
这世界最可悲的，不是有太多弱势群体。

而是弱势群体在欺负比他们更弱势的群体。

8.
小雪是在与她前男友交往两个月后，才知道她前男友还另有一个工作身份，就是某夜总会的"妈咪"，而且还是全职的。在酒吧驻唱，反而只是一份兼职工作而已。

小雪和他交往之后，就发现他去酒吧驻唱越来越少了。取而代之的是每天下午7点左右就神秘消失在住所，电话也打不通，发短信也不回。那阵子，小雪还在另一个地方与朋友合租一间次卧。在一个小外贸公司上班，挣得并不多。她有他的钥匙，只要不加班，就必定买上好吃的，来看望他。可是好多次，去他的家中，发现都没有人。后来在小雪的逼问下，才知道他竟然在夜总会上班，做的工作职务叫"妈咪"。

小雪之前是很单纯的，都不知道"妈咪"是什么意思。还很一本正经地质问他："你说你一个大老爷们儿，在酒吧驻唱干得好好的，还跑夜总会给人家做保姆去，你可真够丢人的。"

小雪前男友冷笑道："保姆你妹啊！"

小雪愤愤不平："不是保姆，你做的是啥？"

"是管夜总会陪酒女的'妈咪'，你要说保姆也对。"小雪前男友不想再继续纠缠这个话题。

"你的意思是你给小姐们做保姆呗？"小雪把音调提高了好几倍。

小雪前男友有些愤怒道："你丫才给小姐做保姆呢！她们是陪酒女，不是小姐。当然想出台当小姐，多赚点儿，我也管不着。"

"那你为啥要去做？"

"我要挣钱，我要生活啊！那夜总会客人点一姑娘，坐台费五百，我拿一百五提成，一晚上我多费费口舌，推出去十个二十个姑娘不在话下。这么赚钱的活儿，二逼才不去赚呢。"

小雪使劲咬着自己的嘴唇，咒骂道："二逼才去赚。"

他似乎想到了什么，嘴角冷笑，温柔道："好啦，别生气了。那地方没想象中那么糟糕，我明晚带你去看看，如何？"

小雪带着好奇之心，点了点头，郑重其事道："如果我明天去看过之后，那地方如果很乱的话，你马上脱离二逼队伍，离开那儿。"

他点了点头，心里暗想："到底谁二逼，谁会进队还不知道呢。"于是，又冷笑了一下，只是这次冷笑，是阴冷的冷。

但小雪并没有看到。

9.

在许久之后，小雪在日记中如是地写着："我一度认为二逼才去夜总会工作，当猪狗去伺候客人，赚那份不要脸的钱。我曾劝过心爱的他，离开那个二逼的队伍。好笑的是，没想到没劝成不说，自己却被骗进了这二逼的队伍里来。看来这世界真的很复杂，你天真地把别人当二逼看，别人早已拿你当二逼开始玩了。"

事实是，那次吵架的第二日，小雪如约跟他去了那家夜总会。小雪看到如KTV的包间，但是比KTV的包间要大得多。算是一家大的高档会所。

门口的保安彬彬有礼，无论谁来，都鞠躬说声："您好，欢迎光临！"

从前台走进，便是纸醉金迷的五颜六色。在夜总会工作的姑娘，身材、装扮都算是有品位的。有的穿性感的黑丝装，有的穿粉红的连衣裙，还有个别的在包间内直接穿胸罩和丁字裤。据说穿比较裸露的，算VIP价位，五百元是享受不到这样的服务的。

他带着小雪入了一间包间，里面坐着三男三女，男的看打扮就知道是个有钱主儿，女的是在这儿工作的姑娘，两个穿连衣裙的，一个穿丁字裤的。

他向这六人介绍小雪，说是他的女朋友，穿丁字裤那个姑娘闻声，娇羞地打趣道："我可是见过你的冲锋枪的，这小丫头片子能满足得了你吗？"

说时迟，那时快，小雪一个耳光就扇了过去，全包间的人都傻了。穿丁字裤的要还手，他趁小雪不注意，使了个眼神。穿丁字裤的如被施了定身法一般，突然老老实实地坐着，一动不敢动。他不断地安抚小雪，说着好话，称让小雪别扫兴了，喝几杯酒，这篇掀过去。

小雪正心中怒火没处消，看到桌子上有三杯红酒，一口气全都给喝了。喝完就双眼一闭，晕过去了。

　　其实酒中有少量的安眠药。这一切，都是小雪前男友早已设好的局。

　　当小雪醒来的时候，发现自己全裸在沙发上，她望着自己私处，才知道自己被迷奸了，而且不止一个人。

　　悲愤的泪水从眼中夺眶而出，其实小雪不傻，她早已明白是怎么回事儿，只是她不愿意相信，自己深爱的男人竟然这样玩弄她。

　　之后的三周，小雪把自己关进屋中，不见任何人。第四周，小雪半夜的时候，走进了那家夜总会，碰巧看到她前男友和一个女人在包间里亲热。

　　小雪轻轻地开开门，趁两人不注意，一人头上砸了一酒瓶子。又狠狠地冲着她前男友的冲锋枪踢了一脚，然后迅速地拿起她前男友的内裤，飞奔离开了这家夜总会。

　　之后回老家休息了两个月，再来北京，小雪选择了另一家高档的夜总会工作。

　　小雪之所以这么选择，除了她的父母是农民，且父亲患上尿毒症，需要钱以外，更因为小雪之前美好的人生观已经被颠覆。她在日记中，对自己说："破罐子破摔，自己现在已经是破罐子了。那就在哪里破的，就在哪里破到底吧。"

所以，她选择了去夜总会上班。

10.

也就是从正式在夜总会工作，小雪有了吃活鱼的习惯，而且还是那种血腥的吃法。

小雪通常是每周的周一，去菜市场订七条活生生的鲤鱼，送到她住的地方来。

小雪在自己住的地方的厨房安装了一个大鱼缸，还买了气泵，专门来放这些活鱼。这个习惯后来被小雪保持了下来，直到住到那个男人住的大房子，厨房依然是如此的设计。这让那个男人甚为不解，那个男人也不知道小雪有这"癖好"，后来那个男人忙，也就没有再多问。小雪住在那个男人给的豪华住处后，每回都是偷偷地吃。

七条鱼，一周七天，一天吃一条。而且是生吃，非常血腥的吃法。食用的时间一般在傍晚7点左右，吃完之后便去夜总会上班。后来虽然被那个男人包养了，不必再去夜总会工作。但是这个习惯已经被小雪保留下来。每天到了那个时间，仍会去吃活鱼。但是这件事情，小雪做得很隐蔽，以至于那个男人包养她有段时间了，却不知道这件事情。

那个男人曾看到厨房里安装了鱼缸，并且里面有活鱼，就问这是什么情况。小雪只是轻描淡写地回答，她想念湖北老家，养几只鲤鱼玩玩。

那个男人便也没多问。

不过小雪吃活鱼的这个习惯已经养成，这听起来简直是有些变态。

可是小雪乐此不疲，每次都是用菜刀把鱼鳞去掉。然后拿水果刀，割下一层鱼皮，用舌头舔了舔，却不吃，而是喂给猫咪吃。猫咪闻到鱼味儿，不用叫，一准儿屁颠屁颠地跑过来，吃得乐此不疲。

小雪用水果刀，割下几块活鱼肉，放在嘴中咀嚼，吃一块鱼肉，喝一口红酒，而且还不断地冷笑。彼时，鱼儿还没有死，被一刀刀割掉肉，不停在菜板上抽动着。鱼血流了出来，小雪用食指摸了一下，裹在嘴中，品味这鱼血奇妙的味道。

猫咪对还在抽动的活鱼非常感兴趣。猫咪胆子有些小，并不敢直接吃这条鱼儿。而是用前爪碰了下鱼儿，鱼儿一抽动，猫咪立刻把前爪收了回来，吓得不行，一副惊恐的样子，围着鱼儿转，却不敢靠近，不停地叫着。

小雪看到猫咪的举动，就用鱼血往猫咪的脸上抹，猫咪往后躲，显然是对小雪的举动甚为不爽。不过小雪更不爽，她一只手把猫嘴打开，一只手将鱼儿往猫嘴里挤，猫咪吓得不行，一溜烟儿地跑远了。

小雪望着跑远的猫咪，愤愤地骂道："操，跟我这么长时间了，就他妈的那么点儿胆儿！"

11.

在夜总会工作的那段时间，小雪很喜欢唱摇滚歌，尤其是谢天笑的歌。可能谢天笑的歌，主题大多以诡异与死亡为主吧，这恰是小雪的心境。小雪尤其喜欢唱谢天笑的《冷血动物》，如果在客人允许的情况下，一晚上她自己会唱好几遍。唱到别人耳朵都生茧了，她却还意犹未尽。

有一次，小雪与几个姑娘接待了一拨客人，这拨客人很包容了她一次，让小雪一晚上唱了六回这首歌曲。待小雪最后一次唱完，其中有个客人醉醺醺的，借着酒劲拿过话筒，磕磕巴巴地说："亲爱的，你为啥这么喜欢唱这首歌啊？"

客人刚说完第一句话，小雪便皱了皱眉，点燃了一支女士香烟，眉宇间泛着一股哀怨与无奈，愤愤道："别这么叫我，我不是你亲爱的。"

客人的左手还搂着个女人，打扮得很妖艳。女人像只小狗一样，扑在客人的怀中。一边用自己的手握住客人的手，穿过短裙底部，让客人抚摸着自己的大腿，一边打趣道："小雪平常不这样，不知道今儿怎么了这是。雪儿，快点敬酒道歉。"

小雪显然没把这个女人的话放进耳朵里，扭了一下头，冷冷地蹦出两个字："不敬。"

这个女人很尴尬，随之狠狠瞪着小雪，嘴角发出不屑的声音。这个女人只好打圆场："小雪这姑娘哪儿都好，就性子烈了点儿，您别跟她一般见识哈。来，我陪您喝。"

可是同样的尴尬又一次发生，客人也没有回这个女人的话，而是用异样而深邃的眼神，久久地打量着小雪。小雪被这样突如其来、直愣愣地盯着，浑身都感觉不自在。

小雪喝了一杯酒，定了定神，用眼神回以反击，蔑视地盯着客人，冷笑道："您为啥一直盯着我呀！我长得不漂亮，胸也不够大。"

客人并没有被小雪的话激怒，相反只是会心地笑了笑。这是个高级夜总会，不是一般夜场会所，消费比较高，所以来这儿消费的一般都是有钱的主儿。既然是有钱的主儿，都是经历过事儿，所以并不会喝点儿酒闹事，更不会被一个夜场姑娘几句话就激怒。相反，来这里玩的客人，大多是城府心机很深的，他们既要耍脾气，显示出他们凌驾于人的优越性，一般也保持警惕，丝毫不会让自己处于劣势。

所以能在夜场工作下来，并且混得很好，赚到钱，大多出去之后，无论做什么，情商和口才都非常棒。偶尔有些老板参加某种场合，找公关小姐都会来这里请。不过个性使然的小雪是学不会，她性格直爽，却也不笨。

客人没有跟小雪发生争执，而是打趣道："漂不漂亮无所谓，胸大不大也所谓。我只是关心荷包的大小，够不够我今晚多来几次回马枪。"说完捧腹大笑，继而伸出手，想要撩起小雪的皮裙。

这个动作让小雪很是反感，小雪条件反射一般，举起酒杯，泼在了客人的衣服上，并咒骂道："丫喜欢荷包大的，你身边那几个婊子够你日了！"

刚说完这句话，包房里四个陪酒女站了起来，其中一个一把拽住小雪头发，小雪疼得嗷嗷叫，想要挣脱却办不到。另一个姑娘上来就四五个耳光，再把小雪撂倒在地，四个女人用高跟鞋狠劲地踹。脑袋、胸部、肚子、大腿，小雪被踢得浑身是伤，鲜血淋漓。但是她狠狠咬着牙，用双手紧紧握着自己的脸。她不是担心脸被踢毁容，她是保护自己的眼睛，只要自己不瞎，就能清晰地辨认今天给她耻辱的人，她必以牙还牙，把这个仇报了。

直到夜总会的主管经理和保安赶到才制止。几个保安无奈地摇了摇头，把小雪抬到医院，几个女人被主管经理一人一个耳光，然后狠狠地骂了一顿。

几个客人不以为意，边喝着酒边看着这比《赤裸特工》中女人打架的桥段更为刺激的真实画面。主管经理气势汹汹地打完几个女人，找其他保安关了她们禁闭。然后仿佛突然人格换位一般，像狗一样，差点儿没跪在客人面前，点头哈腰地赔礼道歉，问客人想要什么样的姑娘，包换。

几个客人显然是看这帮女人打架看累了，都要求要能出台的姑娘，他们带走，经理满是欢喜地答应。那个对小雪荷包大小感兴趣的客人，临走还不忘记告诉主管经理："要既漂亮又胸大的，但不要胖子。我们在前台沙发等着。"

说完，哈哈大笑，扬长而去。

12.

"跟往事干杯，却忘不掉往事。酒醉醺醺，头疼无比，只为让自己知道，自己还苟延残喘、哀鸣不已地活着。"这是小雪在微信朋友圈发过的一段话，配图是只剩残余红酒的高脚杯。

在经历这次事件之后，小雪更加郁郁寡言。不过之后陪客人，她渐渐学会虚伪的敷衍和假笑，不会像之前那么较真儿。她更加懂得保护自己。

小雪渐渐学会了戴上面具。

所以，她误认为这世界上所有人都戴面具。也是从小雪戴上面具这天起，她认识了一个男人，一个改变她命运也结束她生命的男人。

13.

小雪在医院休息了将近半个月，才被医生允许康复出院。小雪并没有好利索，不是生理上的，是心理上的。

在住院的这段时间，她总是溜出去买活鱼回来，用水果刀剜着鱼肉吃。为防止医生护士们发现，每每回到病房，都像小偷一样，悄无声息地藏在床底下的水盆里。等后半夜，夜深人静的时候，再拿出来吃。

小雪每吃一口，全身就无比兴奋、无比快乐。或许心灵也便更加疯狂、更加扭曲了。一次让值班的小护士看到，护士吓得差点儿没屁滚尿流。

护士夜晚查房，在每个病人的门窗外边，拿手电筒往里照，检查每个病人的睡眠情况。等到了小雪的屋子，用手电筒往里面照，吓得护士连尖叫都忘记了。

护士就那么透过窗户，胳膊僵硬地举着手电筒。只见小雪坐在病床上，一手使劲握着还在抽动的鲤鱼，一手用水果刀狠劲剜肉吃。满嘴是血和鱼鳞，在手电筒的照耀下，鱼鳞发出金灿灿的光亮，诡异而又恐怖无比。

被手电筒照到的小雪，顺着手电筒的光芒，往病房房门的方向看去。这一转头，把护士吓得几近崩溃，只见小雪的眸子里尽是红色的血丝，仿佛有一条跟她手中一样的鲤鱼，在她眼睛里游动。小雪还龇牙冷笑了一下，护士吓得扔掉手电筒，直接快马加鞭地往医疗主任的办公室里跑。

边跑边大声喊着："鬼啊……鬼！"

第二天，小雪吃活鱼的事儿也在医院传得沸沸扬扬。小雪连去洗手间都有人对她指指点点的。负责小雪病情的医院主任，找小雪来谈话，问昨晚发生的事情。小雪只是矢口否认，称自己不记得。

那个查房的护士叫来几个男医生，第二天在小雪的床上床下也找不到任何线索。只是几天后，一个老太太去上厕所解大手，解完之后按了好几次冲马桶的按钮，还是无法把污物冲下去。老太太怀疑医院的马桶堵了，就好心地告诉了医院的值班人员。值班人员找维修工带机器来抽马桶，却抽出了四五个鱼头，看鱼头的样子是鲤鱼。

事情引起了医院领导的高度重视，就报了警，请来当地的派出所。最后调查发现，把鲤鱼扔进马桶的人是小雪。小雪在公安机关面前，供认不讳。但这并不属于违法犯罪行为，公安机关也只是做了简单的备案和批评教育工作。医院看在小雪病情还没好，并没有驱逐她出院。

但是为了防止小雪再做出这么恐怖的行为，吓到医院里的其他人，在找不到小雪亲属的情况下，医院和派出所把这个事情通报给送小雪进医院，也就是小雪所供职的这个夜总会的老板。老板也很无语，先在夜总会打架，又在医院大半夜的吃活鱼肉。老板本想把小雪开除，但是一来在这个节骨眼儿把小雪开了，如果小雪闹事，会更不好收场；二来小雪虽然脾气不好，但是确实有些姿色，好多常来夜总会的有钱主儿，都是奔着她而来。

所以就让管小雪这拨姑娘的"妈咪"，把工作放一放，这段时间晚上去医院陪护小雪。

"妈咪"是个典型上海小男人，短发，小眼睛，身材瘦得跟只猴子一样。听说老板让他最近去医院，陪小雪那个疯女人，一百二十个不乐意，但是不敢得罪老板，只好勉为其难地同意了。

"妈咪"到了医院，就劈头盖脸地一顿训斥和侮辱，小雪也没搭理他，小雪早就习惯这种娘娘腔了。

"妈咪"咒骂道："哎哟，要命得了。陪你这个丧门星，最近得少拿多少小费呀。"

小雪冷笑道："你都多赚了多少我们给你的'进场费'，连出台的钱，你都要'抽水'啊！"

"妈咪"反问道："咱夜总会多少回头客，这些回头客都有熟络的姑娘。没我，你们这些新人能吃上饭吗？"继而又愤愤道，"明明一婊子，在我这儿装什么没打开荷包的少女。"

小雪没有说什么，只是眼角有微微的泪花。

"妈咪"依旧不依不饶："那天那客人，不就摸了摸你吗，至于把事情搞这么大吗？又没把你上了，肚子弄大。你这样的，给我上，我都懒得碰你。"

小雪鼻子哼了一声说："上我？那也得你那'破枪'硬得起来啊！"

"妈咪"就这样不甘心地陪护小雪，直到小雪出院。并且没有嘴德的"妈咪"，把小雪在医院吃活鱼的事儿，讲给了夜总会每一个人。这事情像是天方夜谭，在夜总会炸了锅。连陪酒女们陪客人，客人要求讲冷笑话给他们听，陪酒女们都会讲小雪的事儿。

至此小雪也有了一个外号，是"妈咪"给她起的。或者用左右逢源的"妈咪"的话来说，这是一个很适合小雪的艺名。"妈咪"要求以后夜总会的所有人都这么称呼小雪。

小雪的新名字叫，鱼皮。

14.

随着夜总会老板的公关能力增强，方方面面打点得到位。夜总会的服务更加时尚化、更加人性化了。而所谓的时尚化与人性化，用"妈咪"的话就是："从今儿开始，工作的制服要求统一。一般包房穿黑丝装，VIP包房直接穿丁字裤、吊带胸罩。"

小雪被分到了VIP包房的队伍里，所以必须得穿她最不愿意穿的一种工作服。在中国，做得比较大的商务夜总会，员工除了晚上正常工作，在白天还得定期进行学习。尤其是陪酒女，要学的东西特别多。因为她们不仅是一个夜总会的门面，也是一个夜总会的第一生产力。她们的姿色、她们的服务，决定了一个夜总会能否做大做强，有钱的回头客能否越来越多。

夜总会改制之后，"妈咪"带着小雪这拨服务VIP包房的陪酒女，开始各种训练与学习。路怎么走、话怎么说、酒怎么敬、艳舞得怎么跳、什么情况下小费不能收、什么情况下循循善诱让客人点贵的酒水，以及遇到突发的检查时该怎样随机应变。

在小雪出院的几天后，"妈咪"在一个下午，把负责VIP包房的所有陪酒女，叫到了一个大的包房里，并告诉她们："VIP包房主要对大客户，零点之后要有午夜场表演。所以从包房就直接得穿丁字裤和吊带胸罩，有可能会发生轮奸与群褒的突发状况。所以想不干的，现在就可以滚蛋。但是提成很高，想赚钱的留下来。老老实实地跟着我，我不会让大家亏着了。"

顿了顿，"妈咪"貌似良心发现，有些哽咽地说："都忍一忍，坚持两三年。挣的钱够你几十年吃喝不愁，然后金盆洗手。"妈咪说完这些话，并没有陪酒女提出要走，都默默点头。连一直看不惯妈咪，看不惯任何人的小雪也低头没说话。

在金钱面前，我们不是奴隶，都是小人。

就像"妈咪"那句话，其实正是中国上万从事夜场工作的女人，一直让自己坚持做下去的座右铭。可是坚持两三年，就真能赚到几十年吃喝不愁的钱吗？金盆洗手，就真能退隐江湖，从此谁也不知道你以前的事儿吗？

　　或许事实从来不会像说的那么简单。可是人生就是这样，当你进入一个圈子，你要往圆心处走，混到极致。要么绕着圆形曲线，不断彷徨徘徊。出这个圈子，却是极其不可能的。

　　有人做过调查，一般在洗浴中心做一线卖淫工作的，大多是来自农村和小城镇的离异中年妇女。而在一般歌厅做夜场女子的，多是初中毕业，来自三线城市的穷困家庭的女孩儿。而在类似小雪工作这种高级夜总会，则比较特殊，大多家庭环境可能比较底层，可是自己却是上过大学，有一定的文化和见识，也有一定的修养，在这百变的大城市，迷失了自己，才会在此工作。

　　这类陪酒女，她们的收入加上小费，一般月薪在一万到两万。她们不愁吃，不愁喝，一周买一次名牌，是很正常的事情。白天在地铁里，这类女子会打扮得特别有气质。你会觉得不是富二代，就是哪个大企业有气质的女白领。

　　她们白天睡觉，夜晚工作。工作时间的固定性，貌似也只有出租车司机能与之相符。她们很少玩电脑，却是"手机低头族"的骨干成员。在她们的微信里，你能看到她们经常转发成功励志的话或者精妙的禅语。也经常晒自己出去玩的图片和身边的小物件。可是若是有机会，点开她们的手机。你会发现微信朋友圈的背景是个有爱的狗狗，或者漂亮的风景。可是微信对话背景，却是血腥诡异的图片。

再点开她们手机的相册，你会看到好多拍自己床上的人民币，有的能堆成小山。有人会咒骂给这些女人花钱的男人，都该早死早超生。可是收这些钱的女人，却一直带着求死不能的心态。

15.

小雪本不想穿丁字裤和吊带胸罩，但是为了生存没办法，她还是勉强同意了，于是在这个外边是蓝天白云的下午，夜总会包房里却昏暗无比。一群女人在"妈咪"面前先脱得赤裸裸的，然后再穿上丁字裤和吊带胸罩。

没有一个女人会觉得尴尬，首先做"妈咪"工作的男的，一般都很娘娘腔、女性化。他们在长时间接触这个工作之后，会对女人的看法有偏差，他们觉得女人都是肮脏不已，用金钱可以随便摆弄。长此以往，他们渐渐对女人失去了兴趣。有一些"妈咪"，也会因为性格使然和工作的关系，渐渐开始喜欢上了同性，成为同性恋。

夜总会的老板是很愿意招收同性恋的"妈咪"的。这样可以避免"妈咪"跟手下的某个或者某几个陪酒女发生关系，继而发展到接活资源分配不均，造成内部矛盾。而这个行业，大的夜总会之所以不用女人做"妈咪"，是因为一旦出现闹事的客人，女"妈咪"的随机应变能力比男"妈咪"差。另一方面，女"妈咪"一般管理得会很细致，很容易跟手下陪酒女发生矛盾，甚至是肢体冲突。

在小雪脱下衣服后，"妈咪"直愣愣地盯着小雪的后背。小雪后背的皮肤特别粗糙，有几块肉感觉跟旁边的不是一个颜色。"妈咪"觉得这样的后背让客人看到，肯定会让客人生气，砸场子。

"妈咪"疑惑地问小雪，为什么后背是这个样子。小雪告诉"妈咪"，小时候生活在农村，在柴火垛里玩躲猫猫，结果柴火垛着火了，后背是小时候烧伤造成的。"妈咪"叹了几声气，自言自语地说："我是留你还是不留你，你说。"

小雪低下头，没说什么，在夜总会有性病或者有性格的，都会被赶走。在夜总会，脸蛋和皮肤出现问题的，一般都不会留。因为小雪坐台没穿过很裸露的衣服，也从来不答应出台。所以后背的事儿，夜总会的其他人都不知道。小雪知道这次是触犯了行规，并非"妈咪"在难为她。只是低下头，不愿意说话。

如果用拍电影的术语，拉长镜头的话，你会看到一个二十出头的姑娘，赤裸着身子，手里拿着还没穿的丁字裤和吊带胸罩，披发，低头。一个娘娘腔冷漠地审视着，仿佛娘娘腔的下一句话，就能决定这姑娘一生命运的走向。

事实也是这样的，如果"妈咪"把小雪赶走，或许也不会有日后小雪自杀的那一幕。

16.

"妈咪"没有赶小雪走，小雪在"妈咪"的建议下去了一家生意不错的文身店。小雪并没有如一般卖淫女或者陪酒女，在肩膀、后背、胸前、屁股文玫瑰花，而是选择了在自己后背文满了鱼鳞。如果只单单地看后背，你会觉得是一只漂亮的鲤鱼在水中游动。

小雪带着这漂亮的文身，在夜总会的VIP包房开始了工作。一晃三个月过去了，小雪并没有因为之前发生的事情而改变对客人冰冷的态度。在这三个月，她虽然被亲过、摸过，被客人要求跳艳舞或者做恶趣味游戏，但好歹没被轮奸过，也从未答应任何一个男人出台。

"鱼皮"的名字在这个圈子名气很大，很多有钱好事儿的主儿，都是听闻这个夜总会有个后背鲤鱼文身的女人，而前来花钱捧场，一睹为快。

小雪也瞬间成了这个夜总会的门面，招财的摇钱树。老板和"妈咪"再不是趾高气扬的了，而是毕恭毕敬，就差点头哈腰了。身边其他的陪酒女也不敢给小雪穿小鞋，连以前打过小雪那几个女人其中的一个，对小雪吹胡子瞪眼睛，被"妈咪"发现了，都会被"妈咪"扇好几个大耳光，臭骂一顿。

小雪看到了，并不会觉得一解心头之恨。相反，她已经没有恨意。大家都是悲哀的产物，悲哀者与悲哀者的争斗就是有钱人开心的笑料。

17.

爱情这个词，似乎跟小雪没缘，跟这个陪酒行业的任何女人都
没缘。

甚至任何人都不会觉得，在夜总会这种场所，你花钱，我陪笑的
地方，大家都是玩玩而已，又怎么会出现真情呢？那些陪酒女眼中的
男人，摸着你的乳房，贴着你的脸蛋说："我喜欢你，你人真好。"
只不过想接下来，快点儿脱掉你的内裤而已。

而陪酒女陪喝着，搂着男人脖子说："我在这儿工作这么久了，你
是我见到的最爷们儿、对我最好的了。"男人听了这话兴奋无比，要知
道这已经成了工作的台词。陪酒的这些女人，说梦话都能倒背如流了。

很多留恋夜总会的男人，除了一部分好这口的之外，大多是心灵
空虚，去这种地方找激情和慰藉去了。但是一个被这个行业折磨得心
智都有问题的女人，会给这些男人要的激情和慰藉？

这显然是个笑话。用"妈咪"的话就是，都是一群再怎么缠绵都
不会呻吟的主儿，还没有找个男人有趣呢。

可是小雪犯傻了。

她接了一个她认为喜欢她，她也喜欢的男人。

男人穿着干净的西服，很憨厚老实的样子，不懂一排姑娘站面前是什么意思。小雪是他朋友帮着点的，并且告诉这个男人，是这里的头牌，叫鱼皮。

小雪坐在男人的旁边，小雪不说话，男人也不说话。小雪挂着下巴，跷着二郎腿，默默地看着这个男人。

男人很拘谨，不说话，也没有好色的行为。只是低着头喝着酒，一杯接着一杯。旁边与他同来的几个朋友，早已各抱着姑娘开始狂亲了。而这个男人，什么都不会。这跟小雪以往接到的男人，略有些不一样。小雪也一反常态，不再对人那么冰冷。而是给自己斟满杯，然后敬这个男人。男人先是一愣，继而碰杯干掉。

小雪莫名其妙地问了一句话："你是不是处男呀？你做过爱吗？"

男人很惊讶，然后一脸害羞，再然后严肃地问："你们这里的人都很开放吗？"

小雪扑哧一笑，学男人的声音，严肃地回答："那我们不开放的话，你们干吗要来我们这儿？"

男人莞尔一笑："我也不知道，只是被朋友带来的。我是不是没遵守你们这儿的规矩呀？"

小雪打趣道："是呀。你亲我脸一下，就算你守规矩了。"

男人先是尴尬一下，继而喝了杯酒，壮了壮胆，在小雪的脸蛋上轻轻地亲了一下。

于是他们就这样认识了，他们很聊得来。之后这个男人总是单独来，开个VIP包间。也没做任何对小雪动手动脚的行为，只是点酒聊天，从午夜到清晨，然后离开。

聊以前考学的辛苦，聊北漂创业的辛酸，聊现在在海外的老婆和孩子，聊自己落寞孤单的心境。这样的时光，大概有一个月。在此期间，小雪别的活儿不接。"妈咪"也不敢多说什么，因为这个男人每回都多付包间费，出手很阔绰。只是面孔有些生，以前从未来过这儿。

也确如男人诚实地对小雪说，见小雪的第一次，是他人生中第一次进夜场来玩，还是被朋友从他回家的轿车上生拉硬扯来的。所以起初小雪坐他旁边，特别不自在。但现在好了，一个月的相处，让彼此有了更多的了解。

如果不是因为在夜总会这样特殊的场所，以客人与陪酒女的关系认识，他们或许能更敞开心扉，说自己的故事给对方听，为彼此心中的苦闷解烦忧。

18.

在认识这男人两个月的时候，小雪做了一个重大的决定。在夜总会辞职，无论小三也好，情人也罢，或者可能在这个男人心中，只是玩一玩了事、逢场作戏的婊子，她都愿意为这个男人倾其所有，放下所有。

于是，小雪顺理成章地用夜总会其他人口中的阐述："鱼皮被包养了。"

小雪被这个男人所迷，她忘不掉这个男人，阳光朗朗的外表。就像忘不掉他身上，那淡淡的爱马仕香水的味道。

那个男人如她所愿，在三环边为她弄了个房子。屋子是按照她喜欢的风格装修的，客厅还安装了卡座和吧台，方便他们喝着红酒，聊着天。

也是在这个时候，男人送了小雪一只可爱猫咪。小雪将猫咪取名叫"鱼皮"，男人曾问过为何取这个名字。小雪只是敷衍地回答，不想再用"鱼皮"这个名字，索性就给这只猫咪。她想做回以前那个简简单单、无忧无虑的小雪。

而实际小雪之所以把猫取名为鱼皮，只是提醒自己，她依然没有戒掉吃活鱼这个恶习。每每这个男人不在家的时候，小雪就会把在厨房养的活鱼拿出来一条，用菜刀去掉鱼皮，生吃鱼肉。把鱼皮喂给猫咪吃，所以在小雪家中是没有猫粮的。

这个男人总体对小雪还算不错，但是因为工作繁忙，虽然给了小雪足够的钱和物质需要，却聚少离多，直到后来，小雪见这男人一面是很难的。即便见到了，也是提前准备好男人喜欢吃的牛排和红酒，以及爱吃的点心。吃完之后，按大多数情人的流程，沐浴、调情、接吻、床笫之事。偶尔忙的时候，男人跟小雪做完爱，就赶忙穿上衣服，准备走了。只留下赤裸裸的小雪，坐在沙发上，看着男人关门的背影。即便留下来住，每每小雪说的心里话，也会被男人打断，称吵到他睡觉了，明儿还有很多工作要忙呢。

他们之间再也没有在夜总会时开心的通宵达旦了。男人与小雪行床笫之事时，轻车熟路的套路，让小雪一度觉得，眼前这个上她的男人，到底是不是那个在夜总会时问他"那个"过没、满脸害羞的男子，那个她觉得这一生终于找对的那个男人？

可是小雪依旧忘不掉，自己被包养之后，第一次跟这个男人做爱时的场景。面对赤裸的小雪，这个男人是如此害羞。即使做完爱之后，都会不断地对小雪说："对不起，对不起。虽然我给不了你家庭，但是我会对你负责。"

小雪感到满心欢喜。她觉得自己不再是那条冰冷的鱼，而是个有血有肉，懂得怎么去爱也懂得怎么被爱的女人。她知道，她真正爱的男人，能让她性高潮，也能让她毫无顾忌地呻吟。

小雪还记得，当这个男人看到小雪的后背时，小雪敏感地觉得这个男人在嫌弃她，很强势地冰冷地说："嫌弃我直说，我就是一个套着鱼皮的女巫。"

男人没有责怪，更多的则是温柔，搂着小雪的脑袋在自己的胸膛，亲着小雪的发梢，淡淡地说："怎么会嫌弃你呢！你是穿着鱼皮的美人。"

19.

可是现在什么都变了，变得一切都不是小雪想的那样。就如同小雪在夜总会工作时，一切却都如她想的那样。

人生就是如此，不是你欺骗了生活，就是生活从来不跟你说实话。

小雪渐渐更喜欢吃活鱼，变得更怪异。莫名地哭，莫名地笑，酒柜上是一排排喝空的红酒瓶子。好多时候吃完活鱼肉，把鱼皮喂给猫咪吃。她冷冷地看着猫，猫咪却不看着她。

这个猫咪很奇怪，从这个男人送给小雪第一天，这个猫咪就没叫过。小雪像发了疯一般，抱着猫咪，在眼前摇晃，拼命地嘶吼着：

"你给我叫一声！你怎么不叫啊！"

猫咪由于受到惊吓，本能地把小雪的左手挠出血，跑到了小雪的床上的枕头旁边。小雪是有洁癖的，除了这个男人，她决不允许有毛发的生命在她的床上。小雪拿起水果刀，慢慢走近那个猫咪，只斜着一刀下去。猫咪的脸从左到右、从上到下，一个长长的血痕。

之后小雪拿着水果刀，把鱼缸推倒在地，玻璃和水满地都是。几条鲤鱼在地上抽动着，小雪趴在地上，疯了一般拿刀疯狂地乱扎。鱼儿被小雪扎得千疮百孔，凄惨无比。猫咪从小雪的身边走过，一跃到阳台之上。

从来没叫过的猫咪，不断地叫着，哀鸣的声音充斥着整个屋子。小雪捧起一条鱼儿，没命地用嘴啃着。鱼鳞把小雪的嘴唇划破，鲜血直流，与鱼身上的血混在一起。血液滴在地上，与水融为一体，鲜红满地，已经分不出是谁的血了。小雪两眼直愣愣的，继续拼命地吃着。猫咪见到一块碎肉，从阳台跳下去，用嘴叼住，又跳上了阳台，满足地吃着。

恰在此时，这个男人开门进屋。他在客厅喊小雪的名字没人，他到卧室喊小雪的名字依旧没人，当男人走到厨房，他差点儿没被眼前这一幕吓得倒在地上。

只见小雪披头散发，满嘴鲜血，左手握着一只鱼，右手拿着水果刀，直愣愣地望着这个男人。男人也不敢说话。突然小雪疯了一般骂道："你们这些臭男人，都是骗子，都是骗子！唱歌那个是浑蛋，你也他妈的是浑蛋！"

说罢，小雪拿着水果刀，直奔这个男人而来，妾拿刀扎这个男人。男人赶忙一闪，好歹没被小雪扎到。而后一脚把小雪踢倒在地，抢过水果刀，咒骂道："疯了，疯了！你这个臭婊子！"

小雪突然晃过神儿来，不再疯狂，只是眼角含着泪，问道："在你心中，一直都是把我当婊子看吧？"

男人很生气，大声吼道："对啊。在夜总会上班的不是婊子，是什么？"

小雪笑了笑，从地上踉跄地站了起来，把手中依旧紧握的鱼儿，狠狠从阳台摔了出去。阳台上的猫，还在安逸地吃着鱼肉。可是这个猫咪也够笨的，吃东西都不会找个安全的地儿，竟然蹲在阳台的窗户边，小雪一个寸劲把猫也从阳台推了下来。

男人似乎意识到什么，刚想上前抱住小雪。小雪纵身一跃，也从阳台跳了下去。

　　于是这一天，楼下遛弯的人们被吓着了。小区的地面出现三具尸体：死鱼、死猫，还有死人。

　　小雪自杀的消息，从小区传到了大街小巷，从大街小巷传到了各大网站和报刊。再到传进她原先工作的夜总会，传进每一个同事的耳朵里。

　　这一回，大伙儿并没有像知道小雪吃活鱼，而乐此不疲地互相说着。而是都陷入了沉默，死寂一般的沉默。其中一个以前打过小雪的姑娘，对另几个打过小雪的姑娘说："过几日是阴历十五，找个十字路口给小雪这丫头烧点纸钱吧。"大家纷纷表示同意，顿了顿叹着气说："也许她的今日，也是我们的明日。"

20.

　　小雪的尸体在刑侦调查之后，尸检确定是自杀，才被警方允许安排到附近的火葬场火化。在尸体推到焚尸炉里后，两个男工人都觉得后背阴冷阴冷的，似乎流着冷汗。他们也觉得很诡异，他们从事这个工作几十年，天天跟死尸打交道，应该是不怕尸体的。可是这次焚烧小雪，却让他们觉得哪儿都不对劲，毛骨悚然。

　　焚尸炉打开之后，两个工人惊讶无比，诡异地互相看着对方，都没敢说话。他们发现好多骨头，都没有被火化成灰。以他们的经验，这种情况只有在老年人身上发生得比较多。因为老年人骨头多有骨质增生，有少许的骨头没火化掉是正常的。但即便那样，也不会像小雪有这么多没火化掉的骨头。

小雪只是个身体单薄的年轻女人，她的尸体按理应该是很好火化的，根本不会出现这么多化不掉的骨头。两个工人虽不说话，但是基本心里琢磨的事儿差不多。他们突然想起，年轻时入这行时，老人跟他们说的话。干焚尸这活儿，一定记着不相信鬼神之说，但是因果循环、报应不爽，尸体化成灰、怨恨留于世，这种事情还是要相信的。

所以两个工人默默地拿出榔头，把化不掉的骨头一一砸碎，然后全部入骨灰盒封装。其中一个男工人说："姑娘，甭管你生前受过啥样的苦，遭过啥样的罪，有过啥样的冤情，我们哥儿俩给你鞠一躬，赶快去投胎转世吧。"说完，两人鞠了一躬，然后收拾好东西，下班回家了。

在两个工人走出焚尸间那一刹那，他们后背貌似出现个人影。眼睛在含着泪，点着头，却轻轻一笑。然后很满足地散去，只留下地上一层轻轻的灰尘。

21.
而在小雪的尸体被火化的前一天，包养小雪的男人在警察的审讯室里做着笔录。警察问这个男人，小雪为什么喜欢吃活鱼？

男人只是不断地摇着头，淡漠地回答道："或许她吃的不是活鱼肉，而是自己的肉。"

也是在同一天，在西塘古镇的一家酒吧，另一个男人又干回了他的老本行，酒吧歌手。此时，他正在给台下的客人唱《南方姑娘》。唱完之后，他环顾了台下四周，眼神中有悔歉，也有失落。

他再也找不到那个在台下认认真真听他唱歌、深爱着他的南方姑娘了。

22.

远在农村的小雪的父母，在接到女儿自杀离世的消息后，也收到了一张银行卡和一封遗书。遗书是封信件，落款时间写的是小雪被骗入夜总会工作的第一天。

信上除了说明银行卡的存款全部归其父母和银行卡密码是落款日期以外，还有小雪的一段话："我知道现在这个不正常的我，或许有一天会死于非命。但是我依旧会好好活着，心中依旧相信有真爱。我有个不好的习惯，就是吃活鱼肉。这习惯只是为了让我更清晰地知道自己还活着。我对不起那些被残忍弄死的鱼儿，真的对不起。"

我 的 肺 很 乐 观

1.

这是一个做新闻记者的朋友，曾经给我讲诉的一个真实故事，是关于尘肺病患者的故事，这些尘肺病病患则来源于山西一家煤矿山的隧道矿洞。他们大多三十多岁，出身于贫穷的农村家庭，生活不易，历尽艰辛，他们大多十五六岁就出来做矿工赚钱养家了。

由于长期超负荷地在隧道的灰尘中工作，他们这些矿工都会得一种叫作"尘肺病"的职业病，而且无一幸免。你应该还记得，前几年有一个叫张海超的工人，向雇用公司讨要赔偿，结果公司却不予承认。张海超一怒之下，竟在已有大医院开具证明的情况下，仍要坚持"开胸验肺"证明自己的清白、讨要合法权利。

他患的职业病便是"尘肺病"，这在严格意义上算是工伤，而以目前的法律法规和企业公司的不担当，这些弱势群体大多数并不会如张海超一般幸运，能得到应有的赔偿。所以这篇故事，要讲的就是这样一个群体，他们从来不知道得了这种病，却还能乐观地工作，积极地生活。

2.

这是山西境内一家煤矿厂，这不是一篇新闻纪实，所以名字暂略。朋友当初是到此地做民生调查，然后回来要写一篇新闻专题通稿的。在走访的过程中，发现当地有个村子基本都是女人和孩子。

这些女人告诉朋友，她们的男人都在矿里做工人，有时一个月才下山一次。这些矿工非常不容易，超负荷工作都是经常的事儿，从早晨6点干到半夜都不算什么。由于一个月只下山一次，所以女人们经常送些带肉的菜和米饭，去改善他们的生活。这些矿工平常吃的就是馒头和榨菜，再给一杯开水。或者晚上自己用白水煮点面条，加些陈醋吃了。

而所喝所用之水，都是矿里的山水，里面有粉尘和重金属元素，这些都是加剧他们病情的主要原因。朋友问过这些女人，一个月她们的老公才下山一次，自己和孩子不想吗？

一听这话，有的女人在叹气，有的女人就直接开始抹泪了。近些年，交通发达、乡镇的医疗水平也提高，很多矿工曾在家人的陪同下早就做过检查，朋友这次路过的矿山，上边的工人都有尘肺病，但却没听到企业对此有什么态度、或者给过什么样的补偿，工作还得继续，这些矿工不会做别的，当地的就业机会又不多，所以眼前这口饭真的对他们很重要，而且一家最少俩孩子等着上学缴学费和食宿费呢。

3.

尘肺病，是一种长期在粉尘中工作才会得的职业病，矿产里的灰尘大多含金属粉尘，故而此类患病者的肺又称为"金属肺"。这种病早期咳嗽咳痰、胸闷难耐，中期呼吸困难、跪着睡觉，之所以是跪着睡觉，其实是一种物理缓解法，用胃肠挤压肺部，来缓解肺部的不适。

大多数有金属肺的患者，又被称为"跪着走向死亡的人"。这种病发展到后期，呼吸困难、病变肺癌，是致死的主要原因，且致死率非常高，目前我国此类病患百万，每天都有几百人因这种病离世。他们的平均寿命在四十岁左右，尸体火化后肺不融合，因为肺部因常年吸收金属粉尘，已经半金属化，而金属是不耐高温的。

他们其中家庭条件不错的，会购买一台呼吸机，三千块钱左右。但即便三千左右，对城市中的白领，也就是十来天的工资，可是对他们来说却是天文数字。朋友告诉我，他走访的这种煤矿公司，矿工的月工资才两千五。

朋友体验了一天矿工的生活，顿觉这个工作比死亡还要恐怖。他跟随工人到了矿井里，四面漆黑，只有工人帽子上的灯，发出的微微光亮。他发现每个人都呆滞得如机器人一般在做着自己的工作，从他身边走过几个，看明亮的眼神也就和自己同龄。后来矿里一个人告诉朋友，刚才那几个进来的时候都还未成年，连身份证都没有，就因为家穷出来打工。之前被当地公安抓过几回，老板也被叫去好几次，不过最后都会被老板贿赂后，大事儿化小，小事儿化了地解决了。不过这两年国家加大力度打击违法乱纪，这种雇佣童工的事儿才少了些。

矿工不敢多留朋友，因为在日落前老板会来巡视工作，他们必须把朋友送走，这些年山西煤矿来过不少媒体记者，所以工人们见怪不怪，只要记者敢问，他们就都敢说。但是这些矿工说完这里面的真实情况，他们却不想和矿山老板起冲突，虽然他们内心是恨他们的老板，但这就是他们的工作，他们的饭碗，不能扔也没法扔。

由于总有记者来，矿厂老板也练就了一身表明亲和、暗地里使坏的手段，包括怎么能防止一些重要视频、声音信息流出来，记者身上有没有针孔摄像头，矿厂老板们用肉眼一看一个准。经常有记者当面采访时，老板表明特别亲和，让你随便录音录像，一旦夜黑出了山，几个不知从哪来的大汉，把机器一砸，把记者按地上就开打，并加以恐吓，记者得吓得屁颠屁颠都不敢回来讨公理、找警察。

久而久之，矿工们也看不得有人因为帮他们，结果也跟着遭了难，虽不敢为其出头，但起码会护着。我这个朋友从进出矿厂，走的是很难被矿工老板发现的小门。矿工们怕朋友受到伤害，赶忙送他走了。送朋友走的是个四十岁左右的男人，他嘱咐朋友，希望能去看下他弟弟，他们兄弟没家人，他弟弟现在也没人照顾。

说着边从兜里拿出一把百元钞票，钱黑乎乎的，估计已经浸满了这个矿工的汗水和煤矿粉尘。

他对我朋友讲，希望把这些钱带给他弟弟，要他弟弟再等等，再攒一半的钱就够给他买呼吸机了，就不至于那么难受了。朋友和他聊了一会儿，呼吸机是专门治疗尘肺病的一种机器，虽然不能治本，但起码能让自己好受些。

朋友点了点头，然后下了矿山。都走出老远，还能看到这位矿工在目送他，朋友大呼一声，放心吧，剩下的钱我来补，你下次回家就能看到你弟弟戴呼吸机了。那个矿工听到了朋友的喊声，双腿跪地，仰面哭泣，那一刻朋友的心被震撼，他突然明白生命有时是那么脆弱，可世间美好的爱却如此强大。

4.

按照矿工给的地址，朋友在村子里找到了他弟弟。朋友提前从自己包里拿了两千，为了避免钱有些新，引起他弟弟的怀疑，朋友还特意找了个煤球，把一张接一张的百元大钞在煤球上摩擦。

朋友到了他家后发现，家里穷得一片狼藉，好在有个小菜园，里面有好几样蔬菜。矿工弟弟在得知是他哥哥派来的，非常开心，在菜园里选了一些菜，做了几个菜请朋友吃。吃完饭后，两人在院子里坐着。

朋友这才发现院子里有一个小棺材，矿工看到朋友诧异的眼神，现在人死了都得火化，所以打了一口小棺材装骨灰盒。我以前是个木匠，家具打得可好了。棺材第一次打，就是给自己的了。

朋友把钱掏了出来，说这是你哥让我带给你的钱，买呼吸机用的。矿工弟弟接过钱就号啕大哭，说，这钱给我哥留着，兴许还能说个媳妇。顿了顿，没心没肺补了句，二婚的女的也行啊！但这都感觉很难！

朋友鼓励弟弟说，我刚鼓励完你哥，一切都会好的。没有说什么，其实弟弟和哥哥，都时日无多了，弟弟已经确诊肺癌了，有点常识的大概都知道，肺癌只要被诊断出来，一般都在晚期，化疗也好，培育细胞也罢，说句难听的话，基本都难逃一死，只是早晚的事儿。

而哥哥的金属肺也非常严重，在山上与矿工交谈时，一个人自嘲说，他们这拨矿工，是第一批进矿里干活的，现在跪着睡觉都疼得不得了，咳血咳到最后基本就是吐血，估计去阎王那儿报到都一辆车。

5.

朋友记得那天走之前，问矿工弟弟，我不知道怎么安慰你，我只想问，你心里还有乐观吗？

矿工笑着回答，我的肺很乐观。

你 一 定 可 以 发 现
生 活 温 柔 的 模 样

文/苏笑嫣

苏笑嫣，青年作家、诗人。
毕业于北京工商大学，已出版《外省娃娃》《终与自己相遇》。

　　这是小江的第二本书。实际上，我觉得才读完小江的前一本书《我在流光里枕着你的声音》没多久，紧接着，这本书竟然就要出版了。然而这也实在是应有的结果，很多次晚上大家在群里聊着天，小江偶尔来插两句话，等大家都说要洗洗睡了的时候，他说，你们睡，我还要写稿子，所以这当然得益于小江笔耕不辍的勤奋——据说他为此熬了三十七个通宵，但另一方面令人遗憾的是，即使辛苦如此，他还是没有瘦下来。

　　这本书和他的前一本短篇集说起来也有一些渊源，《我在流光里枕着你的声音》中有一篇引人注目的故事，叫作《掌心向外》，这是一篇讲述自闭症儿童的故事，它在"一个"App发表时曾获得网络超人气转载，之后又被很多文学刊物、微信订阅号转载，有声版也在喜马拉雅、荔枝FM等音频App上获得了很高的点击率，而这是小江写的第一篇关于特殊群体的文章。

现在你手里拿着的这本《让你喜欢这世界》，正描述了为大多数人所忽视的特殊群体的故事，其中包括留守儿童、乳腺癌女性、孤寡老人、脑瘫患者、自闭症儿童、被拐儿童等群体，他们处于社会的边缘，但大多仍以乐观自信的态度对抗着命运的重压。

我猜这也是书名想要表达的意思，或许无论发生什么，哪怕在这世界有太多的不幸与挫败，但它仍留给了我们希望、梦想和爱，让你喜欢这世界。

书中特殊群体，是一幅幅肖像，也是一种种人生（其实里面也有动物和"动物生"）。

小江用质朴的语言、真诚的叙事态度娓娓道来，有着旁观者较为客观的立场，又同时流露出他在其中寄托的温暖之情，在展示给我们这些生活现场的同时，又令我们不禁为之动容，莞尔一笑，或心酸落泪。

从某种程度上说，小江履行了记者与写作者的双重职责，他发掘、观察并记录着生活与人性的褶皱，并投入了平实的悲悯之心，对于人性际遇的关怀有着宽阔的视野。

本书所记录的这些特殊群体生活的"写真"的一面应该引起人们的关注、关爱、理解与反思，但要强调的是，这也并非是一本纪实性的社科书，而是作者在真实素材的基础上又进行了虚构的短篇故事，他举重若轻，写出了磨难与爱的辩证法，以及"庸常"甚至"边缘"人生所包含的光明与意义。

与小江相识已经五年，初识是在2010年夏天的一次文友聚会上，彼时他还在西安读大学，而我在北京读书，想到这里我又禁不住感慨时光了，原来是在学生时代，最青涩的那个时候相遇。

他是那种一谈话就知道是靠谱的人，不会虚张声势，待人诚恳，和他的文风一样，后来我们保持着联系，互相阅读着对方的文章，也验证了我对他的第一印象。

直到突然有一天，他说他来北京了，我这才知道他放弃了学业只身一人来北漂，我们出来吃了饭，我说我要尽地主之谊，这顿饭我请才合适。

当然当时我并没有在意这区区一顿饭，直到后来过了许久，有一天他跟我说，那个时候还让你请哥吃饭真是不好意思，我没想到他还把那顿饭放在心上，然后，他才告诉我，因为那时他只有一千多元的工资，每天都只能靠吃煎饼果子度日。

那一刻，我的心里很酸涩、很难受，一时不知说什么好。每一个北漂的人都有一段酸涩的过往和记忆，但想来，如若不是北京，也不会有我们的现在和以后；如若不是因为北京，我们也不会聚在一起。

在北京，我们有一个文友的小圈子，几个好友互帮互助、互相见证了各自的生活与工作的变迁和成长，也各自在忙碌之余写着自己的东西，偶尔会有小聚，几人在一起读诗、喝酒、畅谈。

时光飞逝，转眼已经五年过去。现在，我们的文友圈越来越大，生活与写作也都逐渐踏上正轨，在这个时候，看到小江的新书出版，知道这是他对自己这些年写作的一个交代，为这成果，我和朋友们都由衷地为他感到高兴。

北京纵然偌大，但有几位好友，终归是令人温暖的。

而通过这本书，相信他会收获更多与他有共鸣的朋友，这该是一件多么令人愉快的事。

二十多篇故事，从头阅读到尾也好，跳跃选择来看也是随兴所至的愉悦。

在某个临睡的深夜暖心也好，或是在赶路的地铁公车里为枯燥的生活打开润泽的缝隙，又或是在周末的窗明几净之间泡上一壶清茶安心阅览，都是不错的选择，都会为你带来无声的安慰。

无论此刻生活有怎样的不如意，请一定相信梦与爱的吸引力，在痛苦的坚持之后，你配得上拥有最长久的幸福，只要保持一颗向暖的心，你一定可以发现生活温柔的模样。

我 想 喜 欢 这 世 界

文/孙婷

《美文》编辑部主任。

　　小江又要出新书了，上本书我给他写了一段推荐词放在封底。这次出新书邀请我写篇文字，可以不与他和新书，就写写我所理解的世界，说说我喜欢的世界是什么样子。

　　其实有了小孩儿，做了一个母亲之后，我才明白，原来心灵的成长之路，才刚刚起步。

　　二十来岁的年纪，喜欢把自己包装得很酷、很有个性，以为用刚硬的态度对待这个世界，就能赢得整个世界。是的，我们会在网络上愤世嫉俗，用污秽的语言谩骂每天刷屏时看到的种种令人感到绝望的新闻，然而在现实中，哪怕是伸手扶一把颤巍巍过马路的老太太，恐怕都不敢也不愿意了；我们会在贴吧里义正词严地质问慈善捐款的去向，然而在现实中，哪怕是十块钱的捐助，也让我们变得犹犹豫豫；我们总在网络的虚拟世界里呼唤真爱，呼唤美好的生活，然而在现实中，哪怕是为了世界的美好让自己做一点点改变，我们也不愿意为此付出代价。不是好人变坏了，是坏人变老了。我们每天在低头刷屏中，浑浑噩噩地抱怨着天不蓝、水不清，抱怨着人心不古、世风日下，抱怨着世界如此糟糕，我却还要活下去。

《绝望的主妇》第三季里有一段非常经典的台词，让我觉得，尽管生活在一个不完美的世界里，但仍有一种动力能够支撑我，让我喜欢这世界：

We all have pain. Everyone in here has pain. But we deal with it. We swallow it and get going with our lives. But we won't go to shop shooting strangers.

（这里每个人都有自己的难处，但我们都在努力解决。我们把痛苦往肚子里吞，继续过日子！可我们不会到处去杀陌生人。）

痛苦有千千万万种。

文学课上有一句名言：一千个读者就有一千个哈姆雷特。痛苦何尝不是如此呢？当上帝从伊甸园里驱逐了亚当和夏娃后，痛苦就如同魔咒一般伴随人类始终。潘多拉的盒子里飞出了那么多的不幸，唯独将"希望"藏于盒中，谁又有理由仅凭鸡汤，就来填满每个人内心深处对这个世界的不安与恐慌？

我曾经在妇幼保健院给孩子预约早教课程时，看到了墙上的一封感谢信。彼时，医院正致力于自闭症儿童的科普及治疗，长长的走廊两旁，墙上有大量关于自闭症的知识普及与护理常识。在走廊尽头的一面墙上，贴有数封患儿家长的感谢信，其中一封信让我记忆犹新："当我第一次看到晗晗抬起头，叫我'妈妈'时，我一时竟呆住了，多少个日日夜夜，我做梦都期待听到这两个字从她嘴里喊出来，然而当她这么不经意叫我时，我那一刻因为狂喜而无法用言语表达出来，只是呆呆立在原地，眼泪止不住地往下流……"看这封信的时候，我的孩子已经半岁多，能够与家人很好地互动。

每天下班回家，无论多忙多累，一看到他的笑容，看到他每一天的成长，我都感到由衷的开心。同为母亲，看到这封信后，我能深深地感到晗晗妈妈每一天的痛苦、每一分钟的煎熬。

也许有机会与这位自闭症孩子的母亲见面的话，她会说：我想喜欢这世界，可深深的痛苦让我望而却步。

然而，这世界满是痛苦的，不止于人。

几年前，我曾去流浪狗救助站做志愿者，为那些无助的动物准备午饭，陪它们玩耍。我见过无数次撒娇的宠物们，在主人的爱抚下，享受着阳光的温暖、食物的美味以及散步时的欢畅。因此，第一次见到那么多的流浪狗，我很震惊。碍于经费，饭食不过是用馒头拌些菜叶，夹杂点肉末的糊口之物。

即便如此，在这些无家可归的动物眼里，这不啻是一顿精美佳肴——往日里没有志愿者来帮助的话，饭食可比这差多了。饭后，在与救助站负责人的聊天中得知，这些流浪狗大部分是被主人遗弃后捡拾而来，其中更有一只叫作"蝴蝶"的白色犬，在流浪期间，曾遭受过烧伤、挖眼、被打断腿等残酷的虐待。

这不是地狱是什么？！观察中，我发现这些接受救助的流浪狗，绝大部分存在畏惧生人、恐慌、孤独、对人有敌对情绪等心理问题。不敢想象，这些无助的狗如果没有及时救助，仍然流浪街头的话，对普通的路人会造成什么样的威胁和伤害？它们又会遭遇到何种虐待？

鲁迅曾说：我只觉得，所住的并非人间。

其实，谁又知道天堂的模样呢？离开伊甸园后，注定是再也回不去了。所以，我们仍然要在这个世界挣扎着活下去，看着疮痍满目的人间，隔着厚厚的一堵墙，努力去体会、去想象那些处于痛苦深渊里的人生存的艰难与坚持。

天地不仁，以万物为刍狗。人间的灾难无休无止，无始无终，可我还是要让自己喜欢这世界，如同见深邃浩瀚的大海后，依旧会怜惜一草一木的青青苍翠。

是的，我想喜欢这世界，如同亚当与夏娃偷食禁果，懂得了爱与情一样，因为这世界——有爱。

说多好多题外话，希望读者朋友看了小江这本书后，能愿意花出点时间去为这些特殊弱势群体做点儿事儿，哪怕从关注开始。

越过苦难，
看见人性的光芒

文/范以西

范以西，青年作家、云南橄榄公社创始人。

　　第一次在北京与小江见面，是去年深秋。那时住南锣鼓巷附近，小江来酒店见我，然后我们一起去鼓楼东大街的"西单翅酷"撸串干酒。门外便是清寒天地，那巷子深处的小屋里，灯火与酒，都有一股醺醺然的温热，一如小江的人，那天夜里他与我谈他即将完稿的新书。

　　《掌心向外》我是抢先看了，后来在韩寒的"一个"上发表，又收录进他的处女作《我在流光里枕着你的声音》，为许多读者所喜爱。我便自忖，这样的文字，当是出自这样一个"大白式"的温暖男子。

　　按社会学的理论，我们身处的社会有很明确的分层——事实也是如此。农民工、残障者、罕见病患者、智障儿童、孤寡老人，甚至是性工作者，是我们社会底层的群体，虽有出于不同缘由的"弱势"，却都身处相似的境地。如果我们的社会是一个塔形结构，他们就是塔基，血肉之躯托着整座"恢宏盛大"的建筑，而在那下面，阳光照不到的地方，无数灵魂在喑哑、在嘶叫。

略萨曾经说过："文学最重要的功能之一，就是加强人与人之间互相的理解。"无论我们处于何种阶层，生活在地球上哪一个地方，正经受怎样的幸福与磨难，文学语言都是人与人之间、群体与群体之间、阶层与阶层之间获得互相理解的"桥"。

我们也许从不同的文化里浸淫出来，也许拥有不同的肤色和语言，对人性的关怀却是相通、也本应相通的。而这一关怀，首先基于理解与宽容。因此，为生命和良知写作才显得意义非凡。

文学的方式有多种，有写作者坚持批判才能刮骨疗毒，有的热衷揭露，坚信揭开阴暗的幕布才有光照下来。有人信奉悲剧是文学永恒的美，但不可否认，"温暖"同样值得被书写，但这并不意味写作者在人为制造"温暖"。

就像张爱玲所言："我知道我的作品缺少力，但既然是个写小说的，就只能尽量表现小说里人物的力，而不是代替他们创造出力来。""他们虽然是软弱的凡人，不及英雄的有力，但正是这些凡人比英雄更能代表这时代的总量。"

小江的第二本书《让你喜欢这世界》将视野放到了更广阔的底层民间，那些被人们遗忘的群体身上。

二十多个短篇分别讲述了二十多个不同特殊弱势群体的小故事。

这也许不是沉重的书写，也绝不是壮烈的苦难悲歌。而人生，偏是要从苦难中看到向上的力量，我们才能越过苦难，看见人性的光芒。

家　人　朋　友
写　给　小　江　的　话

　　认识小江是在一次活动上，他自带一口东北腔，听着特亲切。那时候他说他自己也写书，而且马上就要出版了，和我要了微信，说回头快递我一本。隔了一段时间我收到了他的新书，打开一看一股东北气息，混合着河水和芦苇荡扑面而来。我是农村的孩子，在河边奔跑长大，听闻那熟悉的乡音，乡情免不了内心更近了一些，但也因此为他担心起来，在如今钢筋水泥、物欲横流的语境下，写这样原生质朴的东西，会有人读吗？后来我问小江，他却看得很开，他说他只是喜欢写，没那么大的期望。已经很少能见到混在出版圈的行内人不看重销量，只注重单纯的表达，小江算是一个绝对的异类。因此他说他的新书打算写二十多个特殊弱势群体，我几乎是下意识地问，这会有人买吗？接着才想起，这才是他吧！只想写自己最想说的。这个世界是因为不同才美丽，那些不同于我们的人群，他们也一样可以受到关注，幻化成故事与文字，留存下来。就像那一句一句带着家乡味儿的东北话，我知道一定会有人不喜欢，但也一定有人忘不了。如果大部分人都去写那些我们看到的正面，我会选择为那些去关注背面的人鼓鼓掌，谢谢你们让我们看到了更多，这才是拥有不同侧面的世界，这样才完整。

小川叔 /《努力，才配有未来》作者

如果说北京有什么吸引人的地方，就是这里开放的文化氛围，只要你有才能，总能出头。我想这也是小江辍学来北京追梦的原因。能孤注一掷，说明已做好准备，哪怕付出很多代价，比如，离家的孤独、工作上的挫折、感情的不如意。经过几年的经历与磨炼，2015年终于出版了他的第一本短篇集《我在流光里枕着你的声音》，我没想到他第二本书也即将出版。这一年似乎是他的分界，一连出版两本书，换了工作，代表作《掌心向外》的影视版权也正在洽谈中。过去的心酸和伤痛都是养料，相信2015年之后，他会越来越好。

郑泽帆 /「片刻」App

这是一本暖心治愈的故事集，以感人柔软的故事为读者搭建一座大桥，带你走入很多你不知道的小世界中。在这些小世界中，有来自社会中的特殊弱势群体。每一个世界里都有太多感人至深的故事，但这些故事里没有哭泣的懦弱，只有生命的敬畏。

瑞卡斯 / 青年作家

小江是典型东北爷们儿，他的人生旅程、他的理想北京、他的文学情怀、他的慈悲之心，一一让我动容。总之，这是一本献给特殊群体的善爱故事，小江也是一个有故事的男同学，希望你们也能读懂这一切。

顾倾城／《只为途中与你相见》作者

小江是我最早认识的写作的朋友之一。在他来北京后，我们频繁地见面、吃饭、聊天。这几年，小江的工作和生活一直充满变动，但不变的是他对文学的热爱。不论遇到什么挫折和打击，小江都没有放弃写作，相反，他将这些生活的内容转化为灵感与素材。如果说在第一本书《我在流光里枕着你的声音》里，小江执迷书写的是他青春的迷茫与理想，那么在这本新作中，我们看到了一个更有社会责任感的小江。他的文字从自身扩展到了弱势群体，用笔下的人物为他们发声，希望他们得到社会更多的关注、理解。然而作为虚构作品，写这样的书无论从题材还是市场的角度都是有些冒险的，因此，在第一本书的评语中，我曾说小江最可贵的品质是"真诚"，那么现在我还看到了小江的"勇气"。

李唐／青年作者

在阳光下，万物都投下阴影，但不是所有阴影都被看见。万物自诞生起，就被赋予"正常""健康"等标签，然后和这世界对话。

但谁能说自己就是"正常""健康",合乎完美的,就如我们身后必定投下的阴影。看了小江笔下关于癌症这个群体的故事,我是潸然泪下。去年我的母亲就罹受此病,世界向我们投下了巨大的阴影。幸好,绕过阴影,我们总能看见太阳,在我们头顶灿烂着。这本书,写的是阴影,照出的是亮光,这是这个世界最本源的样子。

项国托 /《再见,蓝澄海》作者

小江在我心里一直是个关怀者的形象,人暖情深,文字亦是如此,充满了他的体温。不管在这本书对自闭症儿童、白化病患者,还是对体残人员、留守儿童、空巢老人等书里提到的二十多个特殊边缘群体,他都用心去记录,洗洗临摹,让人看后唏嘘不已。时代运行的节奏太快了,我们只顾自己走路,嫌少去留心那些角落里真挚的面孔、遗失的美好,读小江写的故事,你会发现自己的生活正慢下来,而且有了温度。

潘云贵 /《亲爱的,我们都将这样长大》作者

与小江接触,感觉他为人直爽、性情豪迈,给人古时侠肝义胆的刀客快感。但看小江的文字却无比细腻,充满了对生活及社会深刻独特的理解。深夜里细细品读过小江《我在流光里枕着你的声音》,像一到光照进心扉,备感温暖。这本新书《让你喜欢这世界》同样有小江的思考和批判,但这次的焦点是"小世界"里的特殊弱势,社会需

要正能量，更需要关注特殊弱势群体的正能量，期待小江能带给这世界更多正能量，让更多人喜欢这世界。

康远飞 / 企业家

屌丝男一个，生活感情皆有颇多磨难，文字真挚细腻，偶尔矫情，常常自恋，经常无节操不顾众人眼球，在微信朋友圈里晒自己那肥硕的身躯。其实如果瘦点儿其实应该还是帅哥一枚，可是被肥肉夺了光彩。有时候像个需要人疼的邻家大男孩，有时候像个孤独的文字游侠，相继出版两本，为这个胖子点个赞！

齐晶晶 / 好友

小江哥，帅帅的东北爷们，给人的第一印象是幽默风趣、开朗健谈。但在这样一个阳光大男孩儿的外表下，是一颗文艺的小萌男的心。我喜欢听他唱歌，比如，汪峰的《北京，北京》、宋冬野的《安河桥》，他都唱得特别投入、感情充沛。小江哥是个很聪明的人，是可以把本职工作做得很好的人，又不耽误写作和其他爱好。他的新书充满人文情怀，真诚义气的，很努力优秀的青年作家。作为他的妹妹，希望在以后的年岁里，互相守着赤子之心，不忘初衷！

顾连理 / 妹妹

我喜欢一个青年作家，他的名字叫小江。出版的第一本书《我在流光里枕着你的声音》，书名特长。他现在要出第二本书了，书名叫《让你喜欢这世界》，写了很多小世界里的群体，我很期待呀！

桃子 / 读者

见小江的第一面，绝不会把眼前这个人跟他的作品联系起来。这个外表粗糙的男生有一颗柔软细腻的心，他的文字一如其人，以细腻情感见长，真实温暖。他对文学的热爱，对北京这座城市的热爱，对生活的热爱，有着感染他人的能力。悲喜苦乐皆是调剂，何不放手拥抱生活，小江是能带给你这样能量的一位朋友！

唐霞 / 千龙首都网

有文采的男孩子，从来很低调，孝敬长辈，对朋友真诚热情，从不计较得失，虽然在北京生活了很多年，却没有被浮躁的社会所影响，依然保持着东北大男孩的朴实善良，踏踏实实地走每一步；工作上有上进心，求知欲，做事认真负责，有创意，敢于发表自己的见解，对于突发的情况有着极强的应变能力，招到了他就是找到宝了哦！

刘鹏 / 搜狗搜索

小江是我刚入行后第一个认识的合作伙伴，个人认为在工作上还是蛮雷厉风行的。我们从工作到生活，慢慢建立了很多往来，从谈生活到看理想，聊聊书，聊聊这，聊聊那，渐渐地成为了关系亲密的朋友。他喜欢写作，从小就在很多地方发表过，这是他引以为豪的事情，我看过他的文章，基本都是结合自己的生活阅历再创造出来的。

你在他的文章中会发现真实的事情在自己的手中是最真情的流露，之前读他首部新作《我在流光里枕着你的声音》开始还以为是个恋爱小说，读起来你才知道，那个声音不就是你自己的过去吗？当你继续读下去的时候你会渐渐地停下脚步回首过去，给自己紧张的心放一个假，之后再重新踏上旅途。

这次他又会给我带来什么惊喜，对于其即将出版新书《让你喜欢这世界》，我在拭目以待。

由金／大佳网

小江，辽宁一个叫太子河边长大的汉子，很有才华也活得很明白的一个人。认识好些年了，其实很早以前我们一起都有给《美文》写稿，只是那时候并不认识对方，他在西安，我在北京。记得第一次见面是夏天，然后我们去三里屯看当年刚上映的《搜索》，看完电影出来走在三里屯的广场上时，我摔了一跤，那是我刚刚学会穿高跟鞋的时候，他嘲笑我半天。如今想起来，感觉时间过得真的太快。如今，我们见面依然不多，偶尔聊天多半就是你怎么又变丑了、你怎么又变胖了等。可是，这座城市这么大，能彼此随便"扎刀、补刀"的人不多呢，我想只有真心的朋友才能享受到吧！欣闻他即将出版新书，其实有几篇稿子我有看过，很是期待哦！

李亚利 /《意林》

小江给我的感觉是非常有事业心且非常热心的，总是有用不完的激情和锋芒，是个让人时刻感觉到活力的人。很多当红的鲜肉作家也许在文字上胜在了平和和故事的曲折波荡，相比之下小江的文字是有一种关爱弱者的情怀。这种情怀是别人无法复制的，是那种极力让自己发光发热来感染他人的情怀，我想，这种积极的态度是值得肯定的。

七芊 / 青年作家

我来北京多久，就认识小江多久。这些年经历了多少难事，彼此怎么给予帮助和慰藉慢慢挺过来的就不用展开了。单论写作，在这日益功利化的时代，小江还能坚守这个费力不讨好的出版阵地，还能坚持写这些不刻意迎合市场的文字，已属不易。小江文笔细腻，心思缜密，富有同情心，这点很容易被他的外表所欺骗。不管你以前认不认识他，读完他的文字，你会和我一样认为小江是一个具有大情怀的写作人。

姚琛 / 当当网

小江，与你初次见面是在去年冬天的一个饭局上，虽然当时交流不多，不过我却记住了你这个爽朗的东北小伙儿。今年清明假期之后，我们开始经常交流聚会，很快就成了要好的朋友，或许是因为同在北京这个城市漂荡，面临着同样的压力与现实，我们在很多事情上都有着相同的认知。知交难觅，来京将近两年，很重要的收获就是认识这个朋友。小江是一个表面粗犷但内心非常细腻的人，对朋友仗义，对理想坚守。你在北京打拼的经历让我受益匪浅，你的勤奋努力也给我莫大的鼓舞。如今，你已开始经营自己的一番事业，不管前路多么难走，我只想说："加油！小江！在北京这座城市里，我们共同奋斗。"

梁磊／京东网

说真的，我第一次看见小江新书名的时候，曾经直觉以为书里面肯定都是些情爱故事。可当我有幸读到书里面的一些文字时，才真正发现了其中的奥秘。这本书描写了一类特殊弱势群体：留守儿童、乳腺癌女性、孤寡老人等。每个故事都是经过他各种形式的艰辛收集素材，才被一一记录创作出来的。也许，很多人初遇时会抱着沉重抑或是同情的心态去读这些故事，包括我亦是如此。但是没想到却意外地从这些故事里得到了心灵的慰藉与治愈。他并没有抱着同情的心态去记录这群人的故事，反而站在了朋友的立场，向你娓娓倾诉他们的乐观自信、淡然豁达。让你一瞬间觉得这个世界莫名地变得柔软起来，不再那么冷漠，也不再那么孤立无援。也让你从另外一个不一样的角度，喜欢上这个世界。作为一名深夜情感主播，我也希望以后有机会能够将这本书里面的动人故事，传递给更多需要被这世界温柔相待的每个人。

小北 /《这善变的世界，难得有你》作者

洋葱是分层次的，人与人之间也是一样的。我们与生俱来的环境，生后居住的处所，都会对我们的生活有所影响。不管你承认不承认，人是有等级之分的，上层和底层的人不一样。然而，想要真切地描写出这些人的生活状态，作者本身应该意识到这点却不能显露出来，不冲动不感性，并加上理性的思考。我想，徐江宁已经做到了。

老丑 /《我想和你好好在一起》作者

你经常计划，但很多实际完成的事情要比计划的还要多，做事比较坦率。有很强的创造天分和想象力，喜欢将事情重新整合。你会极力保护你所爱的人，喜欢与有趣的人交往，对待人热情！似乎不太懂得幽默，一天喜怒哀乐多变，不过总体来说还是个有志好青年。其实内心是温和平静，不自夸，不爱与别人竞争的人，非常善良可爱。

施明星 / 发小

图书在版编目（CIP）数据

让你喜欢这世界 / 小江著. —北京：作家出版社，
2015.11
　　ISBN 978-7-5063-8454-4

　　Ⅰ．①让… Ⅱ．①小… Ⅲ．①散文集-中国-当代
Ⅳ．①I267

中国版本图书馆CIP数据核字（2015）第268233号

让你喜欢这世界

作　　者：小　江
出　　品：高　路
责任编辑：丁文梅
监　　制：何　文
特约策划：姜小白　何菠萝
特约编辑：姜小白
封面设计：薄荷橙·Ellen
版式设计：刘珍珍
封面画师：崔九九
内文插画：崔九九
出 品 方：北京中作华文数字传媒股份有限公司
出版发行：作家出版社
社　　址：北京农展馆南里10号　　　邮　　编：100125
电话传真：86-10-65930756（出版发行部）
　　　　　86-10-65004079（总编室）
　　　　　86-10-65015116（邮购部）
E-mail:zuojia@zuojia.net.cn
http://www.haozuojia.com（作家在线）
印　　刷：三河市北燕印装有限公司
成品尺寸：146×213
字　　数：112千
印　　张：9.25
版　　次：2016年3月第1版
印　　次：2016年3月第1次印刷
I S B N　978-7-5063-8454-4
定　　价：33.00元

我们始终都在练习微笑，

然后在世界里学会相互拥抱。

因为只要闭上眼睛，

就能看到梦和远方。

小江
作品